# MOI QUI AI SOURI LE PREMIER

"Domaine français"

DU MÊME AUTEUR

*MIREILLE BALIN, OU LA BEAUTÉ FOUDROYÉE*, biographie, La Manufacture, 1989.
*NOCTURNES*, nouvelles, HB éditions, 1996.
*LA PROVINCE DES TÉNÈBRES* (prix Femina du premier roman), Phébus, 1998 ; Libretto, 2001.
*LA VILLE ASSIÉGÉE*, nouvelle, éditions du Rocher, 2000.
*EN SILENCE* (prix du jury Jean-Giono), Phébus, 2000 ; Libretto, 2006.
*LILY*, Phébus, 2002 ; Libretto, 2014.
*IVRESSES DU FILS*, Stock, 2004.
*DES CHEVAUX NOIRS* (grand prix Thyde-Monnier de la Société des gens de lettres), Stock, 2006 ; Le Livre de Poche, 2008.
*DES AMANTS* (prix de la Ville de Valognes), Stock, 2008 ; Babel n° 1439.
*ALBERTO*, éditions du Chemin de fer, 2008.
*UN CERTAIN MOIS D'AVRIL À ADANA* (prix Chapitre du roman européen), Flammarion, 2011 ; Libretto, 2015.
*QUE TAL* (prix 30 millions d'amis, mention spéciale du jury), Phébus, 2013 ; Libretto, 2014.
*JE SUIS EN VIE ET TU NE M'ENTENDS PAS* (prix Jean-d'Heurs du roman historique, prix littéraire des Genêts, prix du Roman gay), Actes Sud, 2016 ; Babel n° 1514.


ISBN 978-2-330-16922-0

DANIEL ARSAND

# Moi qui ai souri le premier

*ACTES SUD*

*À Jonas Alleaume, Myriam Anderson, René de Ceccatty, Christian Chavassieux, Marie Goudot, Thierry Hervieu, Héloïse Jouanard, Christel Paris, Daniel-Georges Polliart, Maud Suchet, Hélène Villers, Elena Zayas.*

Un instant heureux ? Je ne vois pas. Ça ne me vient pas. Il y en a eu, mais c'est plus une sensation, une succession de sensations, reliées à rien de particulier. Très tôt j'aimais surtout être seul. Qu'on ne vienne pas me surveiller, me demander si ça allait ou pas. Ma mère, si le silence dans ma chambre se prolongeait un peu trop, venait me faire coucou, ça va ? Je répondais, oui, ça va. Elle restait dans la pièce. Regardait. Me regardait jouer. Ce que je ressentais – je ne me le formulais pas encore – c'était : j'ai répondu, pourquoi elle ne retourne pas d'où elle vient, que veut-on de plus que ce que j'ai dit ? Et je m'entendais plutôt assez bien avec ma mère. J'avais quatre ou cinq ans.

Tôt, aux réunions de famille, en vacances, je m'emmerdais, je m'emmerdais à parler, à écouter, je me vivais à côté des autres, différent je ne sais pas, mais pas concerné par eux, ça, c'est sûr. Ce qu'on disait ne m'intéressait pas. Les garçons m'excitaient, mais je ne tombais amoureux que de filles. Je les sublimais sans doute, et m'arrêtais à leur visage.

Tout ce blabla de divan pour te dire que je ne vois rien comme "amour possible", juste de l'invisible apaisant. Du bonheur sans paysage ni personnages.

Jadis elle avait pour nom chemin de la Porte d'Or au Gros Chêne. Où, la porte, et quelle porte ? En quel siècle la passaient paysans et bourgeois, carrioles et troupeaux ? Et ce gros arbre, cet arbre royal eut-il sa légende ? Inspirait-il la vénération ou la peur ? A-t-il d'ailleurs réellement poussé sa ramure vers le ciel, déployé ses branches au point d'en obscurcir le sol ? S'il a été, quand l'a-t-on abattu ? Et qui ? La foudre a-t-elle achevé son règne ? Ni gouache ni gravure n'en ont perpétué l'hypothétique existence.

Autrefois, on la nommait chemin de la Croix de la Mission. La croix, et là des archives le prouvent, fut déracinée de son socle à la Révolution. De quelle mission parlait-on ? En quelle colonie, en quel pays vierge s'implanta-t-elle ?

Hier, elle a été chemin de Roanne à Renaison, tout simplement, puis rue du Phénix, car un orphelinat avait inscrit sur son fronton le nom de l'oiseau mythique dont le précédent propriétaire – un imprimeur – gaufrait l'en-tête de son papier à lettres.

Le 27 novembre 1927, elle devint rue Émile-Noirot, peintre paysagiste aux toiles d'une douceur incandescente. L'école de Barbizon avait survécu dans le Roannais.

Au 8, une ancienne clinique où, en février 1943, la Kommandantur avait pris ses aises.

Au 20, le temple de l'Église réformée, construit en 1962, inauguré un an plus tard. La porte en paraissait toujours close sans que cela m'intrigue. Le mystérieux bâtiment ne m'était rien. J'allais, sans m'arrêter.

Nous habitions, mes parents et moi, au 12, deuxième et noble étage dit-on, avec trois balcons sur rue, ce qui offre une position, où nous n'installions jamais un transat, des chaises, une table. On se serait exposés. À la lumière, à l'été, aux bruits du dehors. Ç'aurait été se livrer aux regards. Et tout regard a quelque chose de troublant, aurait pu se dire ma mère. Ces trois perchoirs, le vent les raclait, le gel les étreignait et leur dessinait des fissures, la chaleur de juin et de juillet les incendiait. On ne les ornait d'aucune plante en pot, car le moindre végétal, même le plus résistant, aurait été cardé par la pluie, hersé par les frimas. Nous avions trois balcons à notre disposition, et voilà, rien à ajouter.

D'une enfance, la mienne, qu'écrire ? Elle est fleuve ou ru, elle fuit de toutes parts, elle se caparaçonne d'arrêts sur image, elle flambe avec juste un fragment de souvenir, elle s'éteint comme un brin de paille. Une ribambelle de clichés et à chacun une porte plus ou moins verrouillée, et parfois un seuil qu'on ne voit pas, tant de grisaille, et tant d'occupations, et tant de fatigue, et tant de bonheurs, et cette grande détresse-là, et ce sésame en est-il un, vraiment ? Qu'a-t-elle à me restituer ? Que peut-elle éclairer de moi, des autres, des paysages traversés ? Mais je me nourris et me satisfais d'écume. Je n'ose scruter que des crevasses sans importance, des flaques, des grottes pour poupée. Il est des jours où je suis à peine certain de ce dont je me souviens. Je me force pourtant à refaçonner un panorama, un sentiment éprouvé à un instant précis. La relation que j'eus avec qui je fus, cet autre si proche de moi, je la lave à fortes eaux. La défiguration n'est jamais complète.

Observe ce que tu as été, ce que tu es, peaufine l'image fragmentaire et déformante, pas si fausse que cela, que tu as de toi, et ne te lamente pas si tu as la sensation de rouler au fond d'un terrier, de valdinguer d'une de ses parois à l'autre. Apprends à respirer, à te mouvoir dans les ténèbres, apprends,

apprends, et ne te lasse pas de tes efforts, de ta quête et de ton industrieuse lucidité. Apprentissage remis à chaque aube sur le métier. Oblige-toi à comprendre qui tu es et d'où tu viens, et jette ton orgueil aux orties, la dépouille pourfendue par ton scalpel livrera autant d'énigmes que de visions. Tu n'es pas du néant, pas complètement, ne te drape pas dans cette vanité. Dis-toi que tu es pareil à ton voisin, un peu plus que rien. N'être rien est une fable. Ceux qui le proclament, la tête entre les mains et des sanglots dans la voix, sont des paresseux. Mais se fixer dans le blanc des yeux n'est pas de tout repos, ça fatigue.

Tu en es, où, dans tes fouilles ? Tu t'es réfugié où ? Dans quelle lâcheté plus ou moins heureuse et que tu t'escrimes à justifier ? Tu veux aller où ? Questions telles des flèches, un lancer tant de fois répété qu'il finit par te bercer.

Aujourd'hui, il m'est impossible d'évoquer cette enfance aux échos qui m'importunent, me déchirent, tourbillonnent, m'enlacent, me ravissent aussi. Enfance brouillée au creux de laquelle je m'endors. Eh bien, dors. À mon réveil ou tandis que je m'épuiserai à trouver le sommeil je déambulerai, je m'y essaierai du moins, dans ce qu'à cette heure j'appelle le temps jadis, dans un autrefois aux étendues foudroyées, aux recoins aveuglants, aux vieilles aubes fanées, je ne renoncerai pas à la cahotante balade et je me ferai une fois de plus de la littérature. Peut-on se débrouiller autrement ?

Il y a foule autour de moi, foule composée d'ombres, de fantômes, de morts, de mirages, de personnages incolores, de personnages incarnés. J'ai en horreur les foules. Toutes. Liesse ou terreur. Et si je m'en tenais à ausculter un seul fait, une seule période de ma vie, ce serait ce pont croulant entre l'enfance et l'âge adulte, l'incurable adolescence.

Retournons rue Émile-Noirot, ex-rue du Phénix, ex-ceci, ex-cela, rue des rêves qu'on croit invincibles, rue de la foi, rue de l'enfance, donc, rue de l'adolescence, évidemment, rue où un gosse s'est mué en jeune homme. Et le jeune homme aura quitté sa ville natale. Par la force des choses et des habitudes, j'ai emprunté quotidiennement cette rue. Je longeais des immeubles au crépi badigeonné d'ocre, un vague halo d'Italie, de jaune citron, de jaune paille, de jaune de Naples, aux tuiles d'un rouge terni et ne reflétant plus les saisons, se lézardant sous la morsure des neiges et du gel et sous le sautillement des oiseaux. Morne gaieté d'un espace auquel les orages donnaient une théâtralité. La rue n'avait pas deux siècles et de ce qu'elle avait été, on se disait qu'on s'en moquait. On se disait tant de choses. On gardait la pose de qui détient la vérité, on affichait parfois des opinions en contradiction bruyante avec nos convictions profondes, et ça ne nous gênait pas tant que cela. La pose nous rendait visibles. Les illusions, pis qu'une tumeur maligne.

Ma mère, pour me distraire – un enfant unique risque de s'ennuyer –, jouait les Schéhérazade. Crimes, nourrissons conçus hors mariage et donnés à bouffer aux cochons, ensorcellements et agonies assurés. Crimes et crimes toujours. Le sang est rouge et le rouge est une belle couleur. Rouge cerise et rouge fraise, rouge tomate et rouge vernis à ongles, mais le rouge du sang est le plus chatoyant, et puis il coule, il s'épanche, il s'étale, il engloutit, il trahit. J'étais suspendu aux lèvres de ma maman : une marâtre parfumée à la violette cloîtrait sa fille dans un placard, pourrissement par enfermement prolongé, prostration qui anesthésiait toute haine ; enfants sacrilèges volant un ciboire, accusant un prêtre de turpitudes inimaginables, et la vérité qui sort de la bouche des enfants, encore aujourd'hui ; avare en guenilles et l'âme en silex affamant sa progéniture, crevant un matin et le soir dévoré par ses chiens ; des époux qui se trompèrent successivement, ce fut lui, puis elle, et l'homme se considérant outragé éventra la belle qu'il n'aimait plus depuis belle lurette ; une vieille bique siphonnée, Marie, la Marie, ne la touchez pas, galeuse, hagarde et injuriant le ciel et l'enfer et les hommes qui croupissent dans l'un et dans l'autre, et ce, depuis que son fils avait été emporté par le croup, les larmes de cette femme coulant en abondance, d'une insoutenable sincérité, priez tout de même pour elle. Ma mère choisissait ses mots, tissait ses histoires – elle n'inventait rien, elle colportait, elle rapportait, héraut en jupe et corsage, s'en gargarisait avec aplomb. Je gobais tout. Je m'allaitais, m'alimentais à sa voix et à ses contes. J'étais au chaud parmi eux. À treize ans j'avais encore un berceau. J'étais son fils, j'étais à elle.

Lorsque j'eus ce que ma mère considérait le début de l'âge de raison, et ce fut vers dix ans, elle commença à m'envoyer, seul, chez l'épicière. La dame récoltait le miel de ses ruches s'étageant sur le versant d'un des monts de la Madeleine (Loire). Elle était veuve et dans son regard résidait toujours un éclat de sensualité. On assurait qu'elle avait un amant et qu'elle s'ébattait avec lui dans la tiède pénombre de sa cuisine, parmi des cageots de fruits et de légumes, jamais sur le lit autrefois conjugal. Je lui présentais le bout de papier sur lequel était inscrite d'une belle écriture ronde et régulière la liste de ce que je devais ramener : un oignon, trois tranches de jambon de Paris, une bouteille de vin, un kilo de poires ou de cerises. L'épicière les plaçait avec précaution dans le filet ou le cabas. Je payais. On m'avait confié le porte-monnaie de skaï rouge au fermoir d'un doré qui s'écaillait. Je comptais les pièces, je défroissais un billet. Au revoir et merci. Je ne lanternais pas sur le trajet du retour. Je m'autorisais juste un regard à la vitrine du salon de coiffure pour femmes où un gaillard officiait. Il était beau. J'étais trop jeune pour apposer sur mon émotion le terme de désir. J'avais, oui, dix ans, onze, ou douze, allons même jusqu'à treize et pourquoi pas quatorze.

On était à l'orée des années soixante du siècle dernier.

Le lycée se dressait à cinq cents mètres de notre immeuble, rue Noëlas, artère reliant la nôtre aux Promenades, ou place Populle, jardin où clapotait l'eau d'un bassin de ciment verdi de mousse, où noircissait de crasse un couple de pierre représentant les *Pauvres Gens*, où un kiosque à musique exposait ses ramages de fer et de zinc.

J'avais accédé au titre de bon élève à la maternelle. À la primaire la chanson se répéta. Mais dès l'entrée au secondaire, les choses se gâtèrent. Étudier m'emmerda. Je rêvassais avec une voluptueuse constance, tout mon être bâillait. En quatrième, un devoir consacré à l'*Andromaque* de Racine sur lequel j'avais sué toute la passion que j'avais pour cet auteur fut sanctionné d'un zéro : hors sujet. J'avais lu le théâtre entier de monsieur Jean Racine. J'avais eu le tort de claironner que je préférais Bérénice à la femme d'Hector, que Phèdre me fascinait et qu'Athalie m'était incompréhensible et me paraissait cependant sublime. Je ne compris pas la note infamante. D'un coup, je me verrouillai à tout enseignement imposé et poursuivis mon exploration de la scène du Grand Siècle. Dès que passant le seuil du lycée et humant l'air du dehors, je me précipitais chez moi. Là, si on se désolait de mes navrants résultats scolaires – je jouais la carte du garçon peu doué de naissance, le raté orgueilleux de l'être, l'humble hypocrite –, on ne m'engueulait ni ne giflait une joue sur laquelle refusait encore de percer le poil de la virilité. Plus je décevais, plus on me chérissait et plus on gémissait. J'étais un chanceux qui ne mesurait pas sa chance. À table, déjeuner ou dîner, mes parents discutaient clientèle exigeante, sinon tatillonne, fidèle un jour, infidèle l'autre (mon père exerçait le métier de tailleur ; il avait le grade nulle part écrit de meilleur artisan de la ville dans sa branche ; ma mère remplissait le rôle de secrétaire et de comptable ; tous deux étaient de haute taille ; elle était fort jolie, il était magnifique, et moi, j'étais moche, pensais-je), ils parlaient affaires donc, ils divergeaient peu d'opinion sur tel ou tel industriel, et si la voix montait, si le ton se faisait sec, c'était sans conséquence sur leur entente. Ils s'aimaient follement. Le dessert du soir englouti (un flan à la vanille, une soupe de fraises, un yaourt à la framboise, un clafoutis à la griotte) et la vaisselle achevée, ils se retrouvaient devant le poste de télévision, tandis qu'après une toilette hâtive j'allais me glisser sous mes draps. Presque chaque soir un film était programmé. Ils suivaient le moindre mouvement d'un Gary Cooper, d'une Carole Lombard, d'une Joan Crawford, d'une Mireille Balin, ils rajeunissaient le temps d'une scène. Et moi, je songeais à la bouche à damner tous les saints du paradis de Sylvie Vartan que ma mère méprisait, haïssait, accusait de me détourner de mes études, de me tourner la tête et le corps. Une femme, une fille – la blonde Bulgare avait dix-huit printemps – qui obsède à ce point un garçon appartient au mauvais genre, à la race impie des séductrices. Jadis le bûcher aurait été réclamé. Je songeais à la belle et je tairais toujours à ma mère, à mon père, l'interprétation que je me donnais d'événements relatifs à mon âge, je tairais mes courts désespoirs, mon sentiment d'être là et sans cesse à la dérive, dans un ailleurs qui avait l'apparence d'un radeau, ma sensation parfois de me vivre étranger à moi-même, je tairais mes émerveillements, ma résistance à ce qui m'était inculqué.

Un dimanche matin, à la messe, sous les voûtes et la coupole et appuyé à une colonne, je représentais la famille, ma mère ayant ménage à faire et mon père à vaincre la fatigue entassée pendant la semaine. Je ne me préoccupais pas de l'existence de Dieu. Dieu était invisible, au contraire de ses saints et archanges, statues qui exhibaient une musculature flatteuse et appétissante et dont la chair, pensais-je, devait avoir plus de saveur que l'hostie ; ah ! et puis m'agenouiller m'exaspérait. À la sortie de l'office, je rencontrai une copine à qui je racontai *Les Hauts de Hurlevent*, dramatique que l'ORTF avait programmée la veille. Je m'enthousiasmais pour une malédiction sans frein et un amour inouï, pour la vengeance qui s'emparait de Heathcliff et pour Cathy guettée par la folie et la mort. Je décrivais par le menu Cathy extrayant d'un oreiller qu'elle avait éventré des plumes d'oiseaux dont elle murmurait les noms avec tendresse et désespoir : geai, corbeau, râle. J'exultais à ce qui me paraissait le verbe incarné, à ce qui me laissait pantelant et m'élevait à des sommets de beauté pure, à ce qui était sans âge et si parfaitement humain, et que c'était bon de me sentir vivant et humain moi aussi en relatant une histoire où chacun était hanté par son passé. La copine se barbait à mon lyrisme, à ces images qui ne lui évoquaient rien, à ces mots qui lui semblaient ronflants. Nous nous tenions sur des rives opposées et le fleuve ne cesserait jamais de couler entre nous sans que nous fassions l'effort de nous jeter à l'eau, de le traverser, de tenter une réconciliation entre nos esprits rivés à des contrées inconciliables. La fille bornée et grise, et qui ne me serait jamais une intime, encore moins une amante, avait par son incompréhension des Grands Espaces Intérieurs – ne pas oublier les majuscules, vanité et théâtralité – rabattu ma joie de transmettre ce qui me semblait si dense, si somptueux de nuances, si igné. Elle grommelait d'impatience. Je lui faisais perdre son temps. Elle me fit taire par une acerbe remarque sur mon romantisme, inclination condamnable, car ne rapportant rien. Et je me jurai de continuer à déambuler et errer sur la berge qui était mienne.

Une courte portion de la rue Émile-Noirot exerçait sur moi une véritable attraction. Une grille de guingois mordue de rouille et qui flamboyait à la lumière du couchant résistait aux vents, close toujours. Elle brandissait vers le ciel ses barreaux terminés en pointes de flèche. Grille guerrière et grille qui protégeait le domaine des rêves. L'encadraient des pavillons de poupées, sortes de havres pour des Hänsel et Gretel urbains. J'avais pour eux un mouvement de sympathie fougueuse. Grille et pavillons marquaient l'entrée au territoire des secrets, et moi, j'éprouvais intérieurement les agitations des miens. À les observer je m'ancrais en des temps anciens, livresques et saturés par les sons et les couleurs que les campagnes, depuis ma plus tendre enfance, m'avaient enseignés. Chaque pavillon possédait une fenêtre donnant sur la rue. Celui de droite n'ouvrait jamais la sienne. Derrière ses volets, quelle réalité se prélassait et intriguait et quel mirage se concevait et quel silence résonnait ? J'avais déjà remarqué qu'aucun silence ne ressemble à un autre. Une présence, parfois, repoussait ceux du pavillon de gauche. Par la grille, l'ébauche d'un jardin invitait à s'abstraire des rumeurs de la ville. Une herbe drue et basse lisérait les dalles de pierre grise d'une allée. Une seconde, de sable celle-ci, cerclait un massif où jaunissait la jonquille, s'épanouissait la pivoine, embaumait une rose grasse comme un chou et dont le parfum s'éternisait jusque sur la chaussée. Les dalles, en toute saison, délivraient une odeur de cave. Odeur puissante et triste. Ça pue le rat, aurait dit maman. Mais ma mère ne s'intéressait pas à cette enclave que je persistais à estimer idyllique. Lorsque des crochets de fonte retenaient les volets contre le mur, on distinguait une femme derrière la vitre, canonique, le chignon d'un blanc que le cliché apparente à celui de la neige, et qui était bien de ce blanc-là, la chair pleine et tassée dans une longue fatigue. Si le temps était clément, l'ancêtre s'accoudait à sa fenêtre alors ouverte, et tentait d'engager la conversation avec les passants. Toute sa personne fleurait une eau de toilette – tantôt chypre, tantôt fougère – et la lessive. Sur ses genoux dormait un vêtement mal visible. Je ne voyais que l'aiguille qui plongeait et ressurgissait d'un puits d'étoffes et le fil qui tremblait, s'entortillait, se contorsionnait, se rebellait. Elle cousait, aurait-on dit, pour l'éternité. Ou brodait-elle, car parfois le fil était de coton perlé rose, vert ou jaune. Elle ne tricotait jamais. D'une voix de gamine enrouée, elle me gardait quelques instants près d'elle. Il n'y avait alors plus pour elle ni attente ni langueur. Elle ne s'épuisait plus à vivre. C'est pourquoi elle semblait rajeunir à l'égrènement des insignifiances que nous échangions. J'étais un jeune garçon, j'étais la jeunesse, j'étais jadis et aujourd'hui. Elle avait un rire de grelot quand je lui confiais ma nullité sans culpabilité en mathématiques et à l'étude des langues. Elle me tançait gentiment et sans conviction. Je l'amusais. Elle me vouvoyait toujours. Ce vouvoiement n'avait rien d'amidonné. Je lui traçais en mots colorés le portrait de mes parents. Elle me fixait avec l'air de penser : C'est donc ça, des parents, maintenant ? Je m'en plaignais, je les adorais. Elle secouait la tête : Vous ne me dites pas la vérité. Et ne jurez pas que si. J'étais tellement séduit par sa voix que j'écoutais mal, avec distraction, le chemin de la lucidité qu'elle tenait à me faire emprunter. De ces confidences, de ces aveux peut-être, il ne me reste que des effluves, une aquarelle d'approximations, quelques lignes ne cernant plus aucun visage, plus aucune silhouette. Aujourd'hui, accomplir la prouesse de puiser au plus profond de ma mémoire quelques traits saillants de l'existence de cette femme – des malheurs distanciés et des bonheurs à l'arôme aussi persistant que réconfortant – serait lui rendre hommage. Je réentendrais son petit rire frais. Ce qui subsiste en moi d'immédiat de ces instants, c'est le contentement que j'avais à parler avec elle. J'en étais enchanté.

De l'obscurité au fond de la pièce, là-bas, à quelques pas, si loin, émergeaient des meubles, une lampe, des ustensiles de cuisine, l'angle d'une table, une rondeur ambrée, un univers, des choses, une vie. Terrier pelucheux, île apprivoisée par une longue et constante solitude. Je n'imaginais pas qu'elle ait pu être enfant comme moi je l'avais été, ni demoiselle, comme ma mère, ni femme en émoi, comme maman l'était parfois auprès de son époux, mon père.

Un jour, ma mère passa par là, alors que je m'entretenais avec l'aïeule, cette vieille dame de sucre, de chair et d'os. Je rougis comme si elle me prenait en faute. Elle arbora un air de surprise. Je lui présentai la dame. Et me rendis compte aussitôt que je ne connaissais pas son nom. Cette femme, devant l'arrogance difficilement contrôlée de ma génitrice, se lança dans l'éloge de ma personne. Ce qui ne rassura pas maman, pourtant d'ordinaire sociable mais qui se montra, cette fois, sur ce trottoir, distante et guindée et perdit en beauté. Ma mère me décevait. Elle m'arracha à mon bout d'asphalte, à la fenêtre de la moralisatrice bienfaisante. Nous sommes pressés, miaula-t-elle. Son sourire était tranchant, il humiliait. Il faut soigner ta crédulité, mon fils, me dit-elle plus tard. Je la haïs sans cesser de l'aimer. Évidemment. Son souhait était un ordre. Elle précisa sa pensée : On n'a pas à dilapider son temps avec des inconnues. Elle précisa encore et fit de la littérature : Il en est qui ont la bonté au front et la mauvaiseté au cœur. Un âcre petit délire se déversait en elle, entre nous, autour de nous. Voici qu'elle était injuste avec les autres, parce qu'elle les accusait d'avoir une quelconque emprise sur son rejeton. Elle poursuivit : Se méfier d'autrui est une obligation dans notre monde si peu sûr. Est-ce que je la comprenais ? En m'interdisant de fréquenter la vieille dame, qui se mêlait dans mon esprit à celle qui couvrait de son amitié et de ses avis judicieux Babar et son épouse, elle révélait sa crainte que je m'éloigne d'elle trop tôt. Qu'elle se taise ! me disais-je. Je ne répliquai pas à ses objurgations, à ses alertes. La déesse mère se rabaissait au rang de mère, sans plus. Je devais de moins en moins souvent l'appeler "maman". C'était ma mère, je l'aimais, je l'ai déjà consigné ici, et j'avais obscurément conscience que nous n'étions pas de la même essence, en niant que moi aussi, vanité de la jeunesse, car il faut bien se dire qu'on existe, je pouvais être accusé de suspicion exacerbée, de médiocrité. Ma mère était convaincue que j'étais un garçon sage. Elle m'adoubait pour ma soumission à ses critères moraux. J'oubliai l'incident, ou le crus, dès que me retirant dans ma chambre. J'oubliai mes carences, ma pusillanimité, ma colère de fils contre sa mère, colère battant dans le vent ; j'oubliai bons et mauvais sentiments, ce qu'on nommait tels, j'oubliais tout en écoutant un microsillon de la blonde

Bulgare. Mais je me bâtissais des fragments de rêve, des morceaux d'imagination, des contrées livresques. Des continents m'appartenaient.

J'évitais pendant quelques semaines le pavillon où ravaudait, brodait un vieil ange sentant l'eau de toilette. Ceci prouve que je n'étais pas tout à fait indemne des remontrances maternelles. Ses interdictions m'apeuraient. Pourquoi ne contiendraient-elles pas des atomes de vérité ? Dès que j'apercevais la grille et les volets rabattus, je changeais de trottoir. Je m'obstinais à trahir la dame, et j'en étais accablé. Un midi, cependant, le crâne bouillonnant à la perspective de devoir annoncer à mes parents des heures de colle pour indiscipline, endormissement, copies rendues blanches, je négligeai de traverser la chaussée. On me héla : Jeune homme, eh ! jeune homme, où étiez-vous donc pendant tout ce temps ? Elle avait dû noter mes évitements – elle ne m'en tint pas rigueur. À treize ans, j'étais donc déjà pour elle un jeune homme. Comment mon père et ma mère me percevaient-ils ? En plus d'être un fils – parfait –, j'étais quoi pour eux ? Cette femme m'enjoignait de grandir. Elle m'avoua qu'elle s'était fait du souci : J'avais disparu ! Je lui en expliquais la raison. En étant sincère, je me vengeais de ma mère. Je chargeais cette dernière avec une véhémence que je ne me soupçonnais pas. La dame étendit son bras, tapota le mien, elle se permettait ce geste, et j'en fus ému : Du calme, petit, du calme, enfant. J'avais été jeune homme et je redevenais un tout-petit. Elle me dit : C'est une mère. Les mères sont comme ça, mon cher. J'en fus dérouté. Adorablement sentencieuse, elle ajouta que toute colère rapetisse l'âme. Phrase qui me cloua le bec, qui me fit la détester cordialement mais très brièvement. J'acquiesçais, je m'amollissais. J'étais, si je puis dire, ramené à ma plus simple expression.

Et lui ? Lui, il était là, à quelques encablures de moi. Et elle ? Elle, elle disparaissait de mon champ de vision, de mon esprit, elle ne comptait plus, elle n'était plus. Elle ne reviendrait en moi que quarante ans plus tard.

Ce garçon et moi n'étions pas des étrangers l'un pour l'autre sans être non plus intimes. Je l'avais repéré dans la cour du lycée. C'était un élève de seconde, et moi je croupissais en quatrième. C'était une silhouette que je reconnaissais entre mille. Il avait un corps et j'avais du désir pour ce corps. Au cours des récréations, j'avais épié ses mouvements. Je n'avais pas conscience de le draguer. Ce verbe n'appartenait pas à mon vocabulaire à cette époque-là. Je le distinguais juste parmi les autres garçons. Moi aussi, je voulais avoir un corps, qui soit le mien et que je puisse identifier comme tel. Il se rapprocha. Bonjour, me dit-il, sur un ton de chaude neutralité. Bonjour, dis-je dans un écho. Notre informelle politesse sexualisait l'instant et faisait que je souhaitais l'avoir proche de moi, de plus en plus proche, que s'achève une attente. Il me lança un regard souligné par un sourire. Il se peut que ce soit moi qui aie souri le premier. Il s'éloignait. Je le suivais des yeux.

Vous le connaissez ? demanda la dame.

Je niais. Mon mensonge accrut mon trouble.

Qui est-ce ?

Je dois rentrer.

Alors, adieu.

Elle pencha la tête vers son ouvrage, me rendit à moi-même. Je l'abandonnai définitivement. Je la bannis de mon univers et de ce présent soudain incomparable.

Il me fixait. Il devint sans réserve un regard et un corps. Je saisis mon cartable calé entre mes pieds. Plus rien ne m'était intelligible que son invite. J'étais près de lui.

Bonjour, me redit-il, et sans me permettre de répondre, il enchaîna par : Tu habites dans le coin ?

Oui.

La prudence coulait à pic. Je ne me montrais pas évasif. C'était oui ou c'était non.

C'est la première fois que je te vois ici.

Moi aussi.

Il eut un rire feutré et condescendant.

J'habite pas loin, dit-il.

Et où exactement ?

Je te montrerai. Bientôt. Ça va au lycée ?

Brusquement il se dédoubla, il était ici, si près, à le toucher, et là-bas, sous le préau, il colonisait ces deux îles. Il s'imposait. Il acquérait densité. Ma mémoire me le restituait, non par fragments mais d'un bloc, agglomérant en une unique vision toutes ses apparitions. Hier se muait en aujourd'hui. J'étais sur le qui-vive. Quelque chose me guettait et adviendrait. Je ne visualisais pas ce qu'était le plaisir, ce qu'il serait. Ma rue, pourtant si arpentée, apprivoisée s'assombrissait ou s'illuminait soudain d'inconnu. Mon fief se muait en labyrinthe. Une inquiétude me vissait au sol. Je songeais à fuir et ne fuyais pas. Le désir que ce garçon avait à l'évidence de moi rencontrait le mien, palpable. J'acceptais ce désir, je me perdais en lui, je m'y noyais, je me sentais me dissoudre, avoir de moins en moins de consistance, et pourtant ma chair exprimait vie et chaleur, tandis que le corps du garçon se dressait devant moi et c'était, avais-je l'impression, le premier corps que je contemplais si franchement, avec violence. J'existais devant lui et pour lui. Je devinais qu'il exigerait beaucoup de moi. Ce futur imprécis qui me figeait me métamorphoserait en quelqu'un d'autre. Ce garçon m'impressionnait comme m'impressionnait mon père, lui aussi d'une beauté inouïe, mais lui, mon père, je ne le désirais pas, je ne voulais pas construire une vie avec lui.

Un pas de deux s'ébaucha. Je fis un pas vers lui, il recula d'un. C'était tremblé, métaphorique.

La distance entretenait notre désir plus que ne l'aurait fait un frôlement de manches ou de peau. La cour du lycée, nos camarades respectifs, les yeux inquisiteurs des surveillants, des professeurs et ceux de quelques élèves excités qu'un des leurs vire pédé, au moins quelqu'un à humilier, au moins une occasion d'affirmer qu'on a une bite et des couilles, ne nous encerclaient plus, ils ne nous contraignaient plus à la prudence. Mais la rue ne nous délivrait de rien. Elle épiait, elle jugeait, elle était rue. Et ma mère pouvait se profiler sur un proche horizon. Cependant, devant le garçon merveilleux, je n'avais plus ni mère ni père, je n'étais plus un fils. L'émotion d'être en sa compagnie était si puissante, si enveloppante, elle me plaçait à un tel point dans un monde où le temps s'immobilisait, où sa notion devenait inconcevable, que ne m'effleurait pas que l'on pût nous vouer de la haine pour ce que nous étions, pour le goût que l'on avait l'un de l'autre. Et puis son apparence de mâle nous protégeait. La pédérastie, pour la plupart des gens d'ici, était inconcevable. Si elle se manifestait, elle serait à détruire.

Il avait une odeur – savon de Marseille, eau de Cologne à la lavande pimentée d'un relent de transpiration, et de tabac, puisqu'il fumait quelques cigarettes en cachette de ses géniteurs comme il me l'apprit plus tard. Savoureuse odeur dans laquelle ce garçon fleurissait. Elle imprégnait déjà ma mémoire. Pommettes osseuses, yeux enchâssés, long cou, épaules larges, un animal, échassier et ours, et le pantalon qui moule ce qui bande. J'étais puceau. Des bites je ne connaissais que la mienne. Visage qui m'absorbait, bas-ventre que je devinais. Je me disais qu'il m'aimait. Et sa voix ! Une voix d'adulte. À la définitive sonorité. Qui n'était plus à la croisée des âges. Lorsque je parlais, moi, c'était tantôt dans des aigus glapis, tantôt dans des graves bourbeux. Le garçon me devançait, il m'était supérieur, il lui serait facile de me gouverner. Il avait une voix d'homme. Il était un homme. Mais les mots me manquaient pour définir mes perceptions. Son corps sexualisait le mien et nos deux corps étaient conquérants. Je n'avais aucune idée précise des pratiques amoureuses. Prendre, être pris – des expressions indéchiffrables, arpentant les coulisses de l'imagination, les meublant. Mon corps m'avait essentiellement habitué à ses fonctions digestives, respiratoires, excrémentielles. Et si je me masturbais, c'était avec des arrêts sur image. Immobilité et feu, et un silence qui me menait à l'éjaculation. Ça se déroulait toujours comme ça, sans fantaisie. Les images se renouvelaient peu. Le désir, quand je me branlais, ne provenait que de moi. L'autre était sans voix et sans peau. On en est tous là à un moment de nos vies, à s'astiquer sans avoir encore baisé. Ce n'est pas triste, c'est nécessaire, commun, on ne conçoit pas ce que peut être un autre que soi. Je me persuadai que je m'étais préservé pour ce garçon, pour ce jour-là. Garçon immaculé. Moi. Et lui, peut-être aussi. Quelque chose s'accomplirait bientôt. Et j'aurais un guide. Il y aurait le passage à l'acte. Un fond de pruderie me faisait plus redouter l'instant du déshabillage que celui de l'étreinte. J'étais un peu gras et n'avais aucune confiance en mon pouvoir. Il jetait des regards autour de lui, picorant ainsi le paysage. Le temps nous était compté sur ce bout de trottoir. Je n'aurais su quoi répondre si on m'avait interrogé sur ma raison de me trouver là. Aucun mensonge ne me serait venu. Si plein de désir que mentir aurait été impensable. Et puis, comment mentir ? Avec quoi ? J'étais alors trop jeune et trop ligoté par le puritanisme ambiant pour dire ce que j'étais, ce que je vivais, ce que je ressentais, pour dire ce que j'ingérais des fadaises et des miroirs aux alouettes et ce que je rejetais, pour dire ce qui me bâillonnait et me construisait tout à la fois. De regard en regard il se montrait de plus en plus nerveux, et j'étais contaminé par sa fièvre. On était épié. Je n'avais pas assez d'expérience de mon homosexualité pour me penser haï. La haine ne m'était encore qu'un mot. Je n'en avais que des intuitions.

Nous ne nous étions pas livré nos prénoms respectifs. C'est lui qui prit les devants.

Je m'appelle Marc.

Dans mes rêveries il serait pour moi plus qu'une vision, il serait Marc.

Et moi, Daniel.

Je sais.

Il savait. Il me surpassait en tout. J'en étais béat. L'attirance que j'avais pour lui s'amplifiait. Je n'élevais pas de barrage entre elle et moi. Son prénom me suffisait. Son prénom seul, déjà, ajoutait à sa présence. Et il me toucha, sa main, légère et résolue, sur mon épaule.

Tu habites où, exactement ?

Par là.

Par là.

Le vague de ma réponse l'amusait. Intensément, j'étais prêt à le suivre.

Les visages de mon père et de ma mère étaient devant moi, s'unissaient, se rapprochaient, ils étaient de marbre et immatériels, ils me jugeaient, me mettaient en garde, contre quoi, contre qui ? Leurs visages étaient ceux de vaincus. C'était la première fois que leur beauté subissait une défaite. On m'avait averti : N'accepte rien de personne (entendre : excepté de nous).

Il m'avoua que mon adresse exacte lui était connue. Nous étions voisins. Ma rue se fit infinie et par mon désir était circonscrite. Ce garçon me devenait de plus en plus proche. Néanmoins, qu'il sache mon adresse m'indisposait. J'avais la crainte qu'il ne sonne à notre porte, qu'il se présente à mes parents comme un ami et rende lisible par son comportement qu'il serait un peu plus qu'un copain. L'éventualité de ce danger, cependant, m'excitait. Un étranger détruirait sans hésitation l'onctueuse image d'un fils. L'Autre ferait de moi un autre auprès de mes parents. Qu'a-t-on donc engendré, se demanderaient-ils ? Tous les parents doivent se poser cette question un jour, non ? En trahissant nos relations il me punirait ainsi de mes peurs et de ma lâcheté.

Je suis le fils D., dit-il.

Le nom s'inscrivait au fronton du gotha roannais. Il en partageait la souveraineté avec des médecins et des chirurgiens, des architectes et des avocats, des notaires et une meute d'industriels dont il était. Édouard D., le père de Marc, prolongeait une dynastie de bonnetiers qui, depuis le milieu du XIXe siècle, se déplaçaient en attelages rutilants, puis en cylindrées plus rutilantes encore. Les D. possédaient de vastes appartements, dont un pied-à-terre parisien, capitale oblige, et une villa sur la Riviera ou à Biarritz. L'élégance – sans ostentation, car polie par des années d'embourgeoisement régulier et forcené – de Marc témoignait de la fortune paternelle. Mon père était le tailleur attitré d'Édouard D. Mon père servait le sien, sans révolte au cœur, sans même un complexe d'infériorité, d'où la placide force que dégageait papa, exécutant avec enthousiasme ce qu'on lui commandait. La sereine aisance avec laquelle il observait son emploi ne le rabaissait pas à une soumission de larbin. Qui côtoyait mon père en percevait aussitôt la noblesse. Il avait cette grandeur-là. Marc ne plaça aucun accent de supériorité dans l'aveu de son nom.

Je suis le fils D.

J'en étais vissé au sol, bouche bée. Sa royauté m'irritait. Mai 68 entrerait fiévreusement et avec une sincérité sans équivoque dans l'Histoire cinq ans plus tard. Quoi qu'il en soit, nos parents se connaissaient, et nous nous connaissions un peu à travers eux. Ce superficiel commerce en quelque sorte rapprochait nos corps. C'était comme si nous étions condamnés à nous parler, à nous aimer. J'émergeais à peine de l'enfance et Marc m'enchantait. Il me dit tout le bien que pensait Édouard D. de mon père. Moi, j'inventais une moisson d'éloges que le mien n'avait jamais formulés, du moins pas avec les mots criards que j'employais. Papa, je suppose, n'avait pas un intérêt particulier pour le bonnetier richissime, hors que c'était un de ses plus fidèles clients. L'avoir pour habitué augmentait la notoriété du tailleur. Édouard D. exigeait avec modération et un sourire de séculaire ironie sur les lèvres. Sa prestance dégageait une forte sensualité. On chuchotait à notre table – tantôt mon père, tantôt ma mère – qui était vraiment le monsieur. Il trompait sans complexe son épouse et se confortait dans une renommée d'excellent amant qui n'était plus, depuis longtemps, à faire. Et j'aimais le rejeton de cet homme. Le charme et l'autorité qu'exsudait le père rejaillissaient sur son fils et s'y renforçaient. L'héritage confinait à l'authenticité. Marc ne doutait pas qu'il m'avait conquis sans avoir eu à batailler. De son bras, et sans préambule, il m'entoura les épaules. Il méprisait en cet instant tout œil de Moscou. Il habitait au *** de la rue. Au numéro qu'il me spécifia ne m'apparut pas la moindre façade, ne grimaça pas la moindre gargouille, ne s'alanguit pas la moindre cariatide.

Je devais le quitter. Ma mère m'attendait pour que commence le déjeuner. Le monde de Marc secrétait-il le même rituel que chez nous ou s'y permettait-on une quotidienne anarchie qui n'ébranlait pas les fondements familiaux ? Par une rafale de questions, et se fichant qu'on m'attende, il s'enquit de mes goûts musicaux. Pris de court, je balbutiais Mozart et Bach, que je n'avais presque jamais écoutés, mais ça faisait bien, et leur prestige, pensais-je, rejaillirait sur moi. Je tus le nom de ma blonde Bulgare. Il dédaigna mes préférences, vaguement étonné qu'un fils de tailleur ait la musique du XVIIIe aux tympans et au cœur. Il se peut que mon insincérité ait été flagrante. Lui ne dit rien de ce qu'il écoutait et appréciait. Il ne me questionna pas sur mes passions livresques. Il lâcha qu'il lisait peu. Et quel sport je pratiquais ? Je ne me vouais à aucun. Mais, et c'est ce que je mis en avant, ma mère m'avait inscrit à des cours de gymnastique, sans préciser que l'embonpoint me menaçait régulièrement. C'est pas mal tout ça, dit-il. Sur ce, il m'invita à lui rendre visite trois jours plus tard, ce samedi, il serait seul, sa génitrice séjournait à Nice chez une cousine, et son père bossait même le samedi et jusque tard dans la soirée. Dans l'après-midi ce serait parfait, nous apprendrions à mieux savoir qui nous étions, c'est ce qu'on dit, je crois. Il avait des disques que personne dans notre bonne ville de Roanne ne possédait.

Tu viendras, n'est-ce pas, à quinze heures ?

Tout en moi était flux contraires, atermoyait, s'angoissait, exultait. L'affolement, étrangement, ou logiquement, accomplit un miracle. Ma voix ne chevrota pas, mon regard brillait, j'acceptai, oui, je viendrai.

Deuxième étage. Tu te rappelleras ? On a tout l'étage. Porte de gauche. Celle de droite est factice.

Je me souviendrai, oui.

Je n'avais pas le choix. Me souvenir. Deuxième étage et porte de gauche.

À samedi donc !

Et nous nous séparâmes. Je dirais désormais, enflé d'orgueil et de confiance en moi, je dirais "Marc et moi". Je brûlais les étapes. Un couple se façonnait. Être adulte, c'était être deux, pensais-je, comme papa et maman.

Que furent les jours d'attente ? De quoi se nourrirent-ils ? Quel fumet eurent-ils ? Pourquoi ne puis-je les reconstruire ? L'impatience que j'avais de me retrouver au samedi obscurcit-elle leur cours ? Fus-je plus rêveur que d'ordinaire ? Qu'est-ce qui de moi expirait ? Ou s'épanouissait ? Au lycée, ai-je été plus frondeur que la veille, plus indiscipliné, plus coriace à tout enseignement ? Qu'ai-je donc été pendant ces jours ? Pourquoi le garçon que je fus m'est-il invisible aujourd'hui, sans chair et sans contour ? Ai-je été en état de paralysie – ou toupie ? Mon lit se convertit-il en un territoire où les rêves auraient troqué une silhouette de songe contre un visage ancré dans la réalité ? Je fermais les yeux et Marc s'allongeait-il contre moi ? Me faisais-je une idée des caresses dont il m'aurait couvert, m'aurait enveloppé, enchâssé ou m'en étais-je tenu à une phrase enivrante et obscure du genre : Ses mains vont se poser sur moi ? Jours morts à ma mémoire. Jours serrés en poings ou jours s'évasant en deltas. Quelle joie a brassé ces jours, si joie il y eut ? Marc, me murmurais-je et son prénom soudain dessinait son corps. Prénom de garçon, dorénavant sexualisé, tissant déjà des souvenirs, prénom qui bande, en somme. Mais pourquoi ces heures d'attente restent-elles muettes à l'homme que je suis devenu ? Je ne crois pas être doué pour une attente sereine. Je ne l'étais pas davantage alors. Et mes parents ? Qu'en était-il d'eux ? Avaient-ils senti en moi quelque altération de mon caractère ? Une distraction prolongée à l'heure des repas ? Étais-je radieux ? Un peu crispé, beaucoup ? Ont-ils perçu dans un comportement faussement familier, dans nos rites, une tension, la progression d'un rêve, d'un ailleurs, une échappée, un besoin de me soustraire à leur gouverne ?

Étions-nous d'ailleurs encore visibles les uns aux autres et moi, à moi-même ? On se côtoyait, on se contait de brèves tranches d'un aujourd'hui qui s'oublierait, on s'invectivait, on s'embrassait, on se faisait des mamours, on restait sur son quant-à-soi, le chapelet des habitudes s'égrenait, plus étanches que poreuses, muselant la plupart de nos voix intérieures, ne parlant plus qu'une langue sans surprise et apparemment neutre, c'est toi, c'est moi, c'est nous, bonjour, bonsoir, papa, maman, une famille et voilà, impossible le plus souvent de passer au chapitre suivant, il y aurait Marc entre nous dorénavant, bonjour, bonsoir, papa, maman, répétition qui n'avait rien de très entêtant, mais toujours vitale, tu vas bien, que dis-tu, nous étouffions dans l'œuf ce qui aurait pu occasionner des dissidences, des ruptures, des vertiges, de l'incompréhension, de la mort en fragments, des banquises, et nos petits bonheurs vivaces – quelle chance avions-nous – étaient encore en nous plus que des mots. Mes parents et moi nous perdions de vue, mais nous formions une famille, n'est-ce pas ? Et c'était vrai. Mes parents ne s'aperçurent sans doute de rien, j'avais une vie, j'étais tout bêtement leur enfant, un fils, leur créature, leur amour, mon chéri, rien n'aurait su fausser l'image qu'ils avaient de moi, et je ne pouvais et n'avais pas le droit de me révéler différent de cette image, je devais y coller, m'y confondre, y disparaître même.

Au lycée, au long de ces deux jours d'attente, Marc n'apparut pas. Je ne le vis pas. Par conséquent la nécessité que j'avais de lui s'intensifia. Je traînais, éperdu, mes pas sous le préau, aux abords du terrain de sport, à l'orée d'un jardinet occupant un coin de la cour – un barbu antédiluvien cultivait des légumes pour la table du proviseur –, carré absurde et rafraîchissant. Marc m'obsédait et des garçons me plaisaient. Le désir que j'avais de lui ne réussissait pas à faire que se taisent mes autres désirs. La tentation proliférait. Il y avait tant et tant de garçons… L'idée d'une violence physique exercée sur moi me terrifiait tout en demeurant abstraite. Je n'avais jamais reçu de coups, ne m'étais pas encore bagarré, n'avais pas encore été harcelé. Mais je me savais différent. Et je savais ce qu'il en était de cette différence. Elle mettait en danger. J'avais lu dans un journal que l'on dressait jadis des bûchers pour les gens comme moi. J'aimais Marc et je me vivais brusquement en péril. De cela, oui, je me souviens. Je surveillerais dorénavant mes gestes, mes paroles, je ne me trahirais pas devant mes parents ni devant mes potes d'école, me disais-je. Je n'étais pas qu'un fils désormais, j'étais un fils et une fiotte. Une fin d'après-midi, je stationnais au bas de l'immeuble où vivait Marc. Robuste bâtiment qu'hier n'avait pas lézardé, pour qui demain ne comptait pas, qui affichait un présent indestructible. Il émettait la force de ses pierres à meulière. Son porche, ses balcons en paraissaient massifs, malgré le bois des vantaux sculptés d'iris et le fer forgé à arabesques compliquées. J'échouais à imaginer ce qui se déroulait, s'était institué, se tramait, se dénouait derrière sa façade. L'immeuble insufflait à Marc son occulte présence, son impalpable puissance. Entrer chez ce prince qu'était Marc m'ennoblirait. Je serais initié au luxe, au mystère qu'est toute évidente beauté. Je comparais l'immeuble à celui où mes parents et moi avions déjà passé plus d'une dizaine d'années, où j'avais été conçu. C'était opposer le granit à un voile de poussière. La rue rapetissait sous l'ombre que projetait l'édifice dont les D. étaient les propriétaires.

Et advint le jour très espéré, le samedi de notre rendez-vous. Mon père, comme toujours après avoir déjeuné, lut son journal, *Le Pays roannais*, puis se chapeauta et retourna à sa boutique-atelier. Ma mère fit la vaisselle, s'attarda à quelque tâche ménagère qu'elle aurait pu reporter à plus tard, mais en ai-je vraiment la réminiscence ? Que feras-tu ? dut-elle s'enquérir. Je dus lui répondre, lire, maman. Ou aller à la piscine. Et non "rien", car "rien" n'est pas une réponse et éveille la curiosité, le manque de confiance. Elle fut rassurée. Elle farda ses lèvres, se repoudra, d'un coup de brosse assagit une mèche rebelle, dit à ce soir, mon chéri, et partit épauler mon père, se pencher au-dessus d'un livre-comptable ou rédiger des factures ou quelque autre courrier, fourmi aimable. Moi, pendant leurs heures de labeur, j'aurais un amant et ne serais jamais à l'image de mon père. Mais je n'avais aucune conscience de ce qu'était mon image.

Je lambinais dans l'appartement, quitte à être en retard à mon tête-à-tête avec Marc. Une angoisse me faisait redouter le retour imprévu de maman. N'était-elle pas sujette à des étourdissements ? Le temps se serait refroidi et elle n'aurait pu supporter l'humidité de son bureau sans le gilet qu'elle aurait oublié d'emporter. Et si elle était soudain saisie du virus de l'espionnage ? Quel enfant n'est pas à espionner ? Les fils mentent. Et les filles sans doute aussi. Ils mentent tous. C'est inconcevable, mais plausible. Ils mentent, oui.

Ni père ni mère ne rebroussèrent chemin. J'étais dès lors mon maître et mon esclave. J'étais en désir, et le désir absorbait mon être. Je vérifiais l'heure au cartel de la cuisine. J'avais déjeuné de plutôt bon appétit. Une odeur de plat refroidi flottait et m'écœurait. Je n'étais qu'énervement, concentration sur ma personne et sur les proches heures. Le cartel sonna. Encore un peu à barboter dans l'ennui et l'impatience. Ce fut l'heure brusquement. C'était l'heure.

Escalier descendu, descendre à l'anglaise, c'est un escalier qu'on descend, celui de chez soi, frôler des murs et des marches. J'avais l'impression que c'était sans retour. La rue Émile-Noirot me parut pour la première fois provinciale et décente. C'était quoi, la décence ? Que savais-je encore des mots ? Je truffais mon vocabulaire de tant de mots ronflants qui n'avaient aucun écho en moi. J'étais trop jeune et trop inexpérimenté et j'avais eu une enfance heureuse, du moins protégée, qu'aucun gouffre ne creusait, n'évidait de sa densité, qu'aucun malheur n'avait réduite en lambeaux, alors comment aurais-je su que la plupart des mots sont pétris de nuit ? J'eus peut-être une pensée pour la vieille dame que désormais je négligeais. Ses volets étaient clos. Voici l'immeuble des D. Et si Marc me posait un lapin ? J'entrai dans le hall. Au fond verdissait un jardin. À ma droite, une montée d'escalier au bas de laquelle il se tenait. Prodigieux découpage sur décor de pierre. Tendu, pensais-je, mais sans secret – et là, c'est ce que je pense aujourd'hui. Un garçon de cristal. Coupant. Précieux.

Viens.

Il ne me serra pas la main. Il fit demi-tour et nous montâmes. Tout l'immeuble appartenait à son père, me dit-il, plastronnant. Au troisième étage logeait une de ses tantes, sourde et gâteuse. Ce qui était peut-être faux, mais il la voulait personnage, il voulait avoir quelque chose à raconter. On louait le rez-de-chaussée à un architecte qui prenait souvent des vacances. Nous étions, d'une certaine manière, seuls, car les sourds ont si peu de réalité, les gâteux à peine plus. Depuis longtemps sa tante ne se hasardait plus jusqu'à leur pallier. Disait-il la vérité ? Marc ne pouvait que dire la vérité.

Je pénétrais enfin dans l'appartement des D. Sans repère je n'étais que regards interrogatifs, presque en visite, oubliant pourquoi j'avais franchi le seuil, oubliant presque Marc. Il me fit passer devant lui et il redevint quelqu'un, et je pus me dire de nouveau qu'il était beau, qu'il me plaisait. Le désirer m'en faisait un ami. Il déployait une politesse qui n'avait rien de factice, qui lui était naturelle, dont il avait absorbé les règles avec le lait maternel, politesse qui m'élevait à lui, le riche héritier. Malgré la simplicité avec laquelle il m'accueillait dans son monde – sans m'y inclure vraiment, mais ça, ça ne m'était pas encore clairement déchiffrable –, je me sentais intimidé. J'avançais avec prudence sur un parquet parfaitement ciré, des tapis épais et bien brossés, des gazons de laine chaude, vigilant, ne pas heurter un meuble, ne pas me montrer empoté et ridicule. Ce fut cependant inévitable. J'étais empoté et je fus ridicule. Je me cognai à un guéridon. Je me retrouvai confus et hors de moi. On ne désire pas les pataudς. Je n'avais plus d'avenir avec Marc. Ce rendez-vous tournait à l'épreuve. Je m'empêtrais de honte. Je détestais cette honte. Je me sentais aussi très moche.

Tu as peur ?

Il eut un petit rire de fauve triste.

Il n'y a pas à avoir peur.

Je lui répondis par un rire bête.

Tu t'es fait mal ?

Brusquement il s'agenouilla devant moi, palpa mon genou, y frotta sa joue, reprit son rire qui s'effilocha en soupir dans les plis de l'étoffe. J'étais désarmé et désarçonné par sa théâtralité et l'envie qu'il avait de moi. Manifestait-il ainsi de l'amour ? J'étais seul avec mon imagination de gamin, et seul et avec lui. On ne s'agenouille que devant une femme (et à l'église) et je n'étais pas une femme. Il se releva et me parut très grand, immense, un ange. On reprit notre pérégrination. Stores baissés, pièces obscures. Il ne me conduisit pas à sa chambre, comme je l'avais prévu, mais jusqu'à un boudoir encombré de fauteuils crapaud, d'une bergère, de lampes en biscuit et aux chapeaux de satin broché à longues franges soyeuses. L'endroit traduisait un feutré radical. Ce genre de pièce n'existait pas chez mes parents.

Viens.

Toujours mon hésitation et toujours mon excitation d'être là, près de lui et ça l'égayait. Toujours, adverbe qui me procurait l'illusion que nous avions déjà derrière nous une longue histoire. Sur une étagère de marbre blanc veiné de rouge dormaient un électrophone et des disques. Ma mère fredonnait des rengaines, mes cousines se saoulaient de jazz, les D. devaient écouter religieusement de la musique dite classique.

Il m'invita à m'asseoir.

Avoir à choisir entre la bergère et l'un des fauteuils me fit bredouiller et tanguer. J'aurais préféré qu'il ordonne et que ce soit sans réplique. Avoir le choix entre ceci et cela me persuada que j'étais, et resterais quoi qu'il advînt entre Marc et moi, un étranger dans cet appartement, dans le milieu où prospérait Marc. Cette pièce douillette et luxueuse me niait. Je ne savais plus tellement qui j'étais. Je ne me projetais pas dans un avenir immédiat. Je choisis la bergère. Sous les fesses on avait la raideur du crin et la rigidité des ressorts. Le supplice se supportait. Le meuble ne datait pas d'hier. Il appartenait à un héritage. On héritait, dans le milieu qui nourrissait Marc. Il ne se plaça pas à mes genoux et cette fois-ci je le regrettai. Je ne me laissai pas aller contre le dossier. De ses paumes sur mes épaules il me poussa contre. Il eut un bref regard sur mon entrejambe. C'était ça, sans doute, être entre garçons.

C'est mieux, non ?

J'avais été étonné par la rudesse de son geste. Il s'était comporté avec moi comme avec un ballot. En m'accoutumant au siège, je repris corps. Il me proposa un jus de fruits. J'avais soif. Un jus de fruits, oui, pourquoi pas ? Il sortit du boudoir. Je m'imprégnais de l'odeur crayeuse des brocarts et de celle du bois ciré. Le mobilier, le papier peint des murs me devenaient amicaux. Habitué des dictionnaires, je me demandais quelle était la différence entre un sofa, un canapé et une bergère.

La passion des définitions m'avait été transmise par ma mère, qui avait le scrupule de nommer exactement une chose et les choses, même dans l'univers étroit où nous évoluions, étaient profuses. Plus tard je découvrirais que rien n'est exigu, que tout est peuplé et que tout est question de point de vue. Qu'était-il donc allé chercher pour moi, pour lui, pour nous ? Il mettait trop de temps à revenir. Je me souvins tout à coup d'un fait divers qu'avait étalé ma mère lors d'un souper : un homme avait abusé d'une femme après avoir mêlé à du vin un narcotique. À la maison, on disait abuser, pas violer, inutile de s'effrayer plus que nécessaire et même, pour si peu, un fait divers n'était après tout qu'un fait divers. Papa avait prié sa femme de se taire. Je n'avais pas à comprendre trop de la vie à mon âge. Pour lui j'étais toujours trop jeune pour tout. Que me servirait Marc ? Aurait-il la saloperie de se conduire comme l'homme au narcotique ? Hors de ma vue, il s'étoffa d'une inquiétante aura. Qu'allait-il se passer entre nous ? Son absence causait de la peur. Je ne boirai rien, me disais-je. Il réapparut enfin, bras tendus, portant un plateau de cuivre ciselé à motifs du Maghreb où grelottaient deux hauts verres de cristal. Il me servit de l'orangeade. Il avait lui-même pressé les fruits. Il expliqua qu'il détestait les boissons gazeuses.

Sers-toi.

Et je pris l'un des verres. Il ne m'en avait pas indiqué un des deux en particulier. J'étais tranquillisé.

J'y trempai les lèvres. Le fait divers raconté par ma mère et la pudeur de mon père n'avaient plus de consistance, à peine si j'avais encore des parents. Marc m'examinait tout en sirotant.

C'est bon, non ?

Je dis que c'était très bon.

Nous étions les Dupont et Dupond dans les aventures de Tintin l'asexué.

Je vais te faire entendre une musique que mon père a rapportée du Pérou. Tu connais Yma Sumac ?

Ça ne me disait rien. Je balançais entre curiosité et embarras de savoir si peu. Il m'ouvrait les portes de son univers. L'invitation me remplit avant tout de fierté. Pour une fois, ce ne seraient ni mes parents ni mes professeurs qui m'apprendraient un truc, mais un garçon. Édouard D. voyageait souvent, et loin, Amérique du Sud et Japon. Marc aurait aussi ce privilège. Avant de mettre le disque, il esquissa pour moi la biographie de la chanteuse péruvienne, il m'avertit de l'inouï de sa voix. Elle interprétait essentiellement des mambos. Une danse à damner les hommes et qui me semblait, à l'heure du twist et du madison, déjà démodée. Une de mes cousines l'avait, dans mon enfance, exécutée en déesse, elle roulait des hanches et ses seins palpitaient sous le satin de son bustier. Il me détailla les formes d'Yma Sumac et personne dans ma famille n'aurait eu la brûlante précision de son vocabulaire, n'aurait suggéré un tempérament avec tant d'impudeur. Il posa enfin sur la platine le disque, mania le bras de l'appareil, l'aiguille toucha le microsillon et aussitôt l'atmosphère fut éclaboussée par le son des cuivres et des tambours, puis la voix d'Yma Sumac fondit sur moi, m'isola de Marc, fit de lui un personnage secondaire. Ce que j'entendais était stupéfiant de virtuosité et quelque peu grand-guignolesque. J'étais saisi sans être complètement conquis, ce qui facilita le retour de Marc au premier plan et, intuitivement, l'enhardit. Il me débarrassa de mon verre, qu'il reposa sur le plateau. Puis se laissa tomber près de moi.

Ne bouge pas.

Un de ses bras rampa le long du dossier, fit un coussin à ma tête. Tout son corps en quelque sorte était contenu dans ses bras. Je ployais sous la tiédeur que dégageait sa chair. Je ne le regardais pas pour ne rien précipiter, parce que je sentais que je n'étais pas prêt à ce qui devait inévitablement se produire entre nous, quoique je veuille sauter le pas, un pas, quel pas ? En quels remous me débattais-je ? Des copains avaient fait circuler des clichés pornographiques à l'école. Un homme et une femme y copulaient. Où avais-je ma place dans ce cirque ? Bien sûr, il y avait l'homme et il y avait son cul et il y avait sa bite. Rêver l'autre me suffisait peut-être. J'étais venu chez Marc et je devais me soumettre à ce qu'imposaient ma présence ici et son corps contre le mien. Comment décrire un corps ? Deux corps ? Comment dire ce que c'est que faire l'amour ?

Qu'éprouve-t-on vraiment ? Le corps de Marc occupait, me semblait-il, tout l'espace. Et j'étais l'espace et une partie de l'espace. Mon corps avait-il encore l'importance que je lui accordais parfois ? Disons qu'il n'existait plus qu'en fonction de celui de l'autre. Et je ne voyais pas ce que serait être possédé et posséder. Marc à mes côtés m'était ténèbres. Qu'exigerait-il ? Il pianotait de ses doigts sur le rebord du dossier. Ce pianotage m'exaspérait et m'étourdissait et me rendait dingue de désir. Était-ce un jeu ? Moi, je ne jouais pas. Jouer ne concernait que les enfants et les comédiens. Pouvait-on d'ailleurs jouer à l'approche d'une révélation, d'un basculement, d'une initiation ? La voix d'Yma Sumac contribuait aussi à mon exaspération et à ma toute minuscule folie. Par cette voix et ce pianotage j'entrai en dépendance. Il cessa son pianotage, se rapprocha de moi et ses doigts s'enroulèrent à mes cheveux. J'étais par son audace statufié et vibrant. Ma peur vibrionnait, m'emmerdait. Comme Marc, elle ne me lâchait pas. Sa cuisse se frotta à la mienne.

Tu as des amis ?

Oui.

Mais je n'avais pas d'amis. Quelle idée et quel besoin ?

Cuisse contre cuisse et sa main caressait ma nuque. Oui, c'était bien une caresse. Continue, arrête, avais-je envie de dire. C'était cela caresser. Avec une inflexible douceur. Sa bouche bientôt fut à mon cou, lécheuse, aspirant ma peau, ma chair, tout ce qui m'appartenait. Il m'embrassait. C'était cela, embrasser. Non, protesta-t-il, quand je m'écartai de lui ou tentai de. Il s'empara de ma main et la porta à sa cuisse. Comme ça, me dit-il. Et plus haut. Je ne poursuivis pas la progression lorsqu'il relâcha sa pression, ce qui le mit en rogne. Main morte. Main stupide. Pas une main d'amant. Main de puceau tétanisé. J'étais ça. Ma main était ça.

Je t'aurai.

Je ne m'éparpillais plus, ne me déchirais plus en sensations contradictoires – peur, désir, peur du désir –, je me réduisais à un bloc, corps figé, je me simplifiais. Sa main obligea la mienne à remonter jusqu'à son aine. Main esclave. Main en refus. Main pleine de refus et qui obéit. Il continuait à lécher mon oreille. J'oubliais nos mains. J'étais dans tous mes états. Il riait sous cape. Mes doigts butèrent contre le renflement du tissu, entre ses jambes.

Ouvre ma braguette.

Il ordonnait, mauvais. Je ne collaborais pas assez avec son désir.

Vas-y, prends, petite pute.

Je n'étais pas ça. Je me demandais si ça se passait toujours ainsi, avec des mots pareils. Mon désir en fut brisé. Je devais afficher une mine d'idiot. Je courbai la tête. Il accélérait son martellement. De son poing, il toquait contre ma nuque. Je retirai ma main de son sexe, il m'en empêcha, puis l'écarta comme une chose négligeable, temporairement, pour se déboutonner, tandis que son bras se muait en étau à mon cou et qu'une main agrippait mon épaule. Il ne m'embrassait plus. Il m'immobilisait. Il ne m'embrasserait plus. Je cédai. Je touchai son sexe. C'était ce que j'avais voulu, non ? C'était ce qu'il voulait, non ? Oui, mais pas sous l'empire d'une violence qui le galvanisait. Me désirait-il encore vraiment ? Y avait-il encore du désir là-dedans ? Il ne m'aimait pas. Non, il ne m'aimait pas. Une de ses jambes recouvrait la mienne.

Tu ne sers à rien.

Il libéra lui-même son sexe de son slip, le brandit.

Touche.

Je touchai son sexe. Il m'étreignit et cette étreinte, ce n'était pas celle de mes songes, de mon attente, je la haïssais. Marc échouait à me faire participer à sa violence, à me la faire accepter, à ce que je sois d'une docilité excitante. J'étais consternant. Le puceau que j'étais empestait le fade. J'étais de la viande et non plus de la chair. Pour me punir de mon refus de le satisfaire et de devenir une proie, il me gifla. Et s'emmêla plus étroitement à moi. Il me gifla encore. Gifles contrariées par le peu d'espace entre nous. Gifles qui ne retentissaient pas. Je gigotais faiblement sous lui et contre lui, lui que son appétit sexuel, sa rage rendaient massif, immense et sombre. Sans succès. Je capitulai. Troisième gifle pas plus sonore que les précédentes, mais gifle tout de même.

Salope.

Yma Sumac s'était tue. Sur le silence se détachèrent son insulte et nos souffles. Il remonta ma chemise jusqu'à mes épaules. Savais-je si je me débattais ou m'immobilisais ? Il déboucla la ceinture de son pantalon. Il se foutait à poil. Il était en train de le faire. Bandait-il toujours ? Étais-je un objet de désir ? Ou juste un objet à pénétrer ? Ma main avait délaissé son entrejambe. Non ! suppliai-je. Ce “non” englobait tout : sa violence, sa hargne à me déshabiller, à se déshabiller, mon impuissance et le besoin d'effacer la vision de cette impuissance, son âcre et impitoyable souveraineté, le rire de ses yeux. Non ! Il riait de ma déconfiture. Rien ne m'avait préparé à lire la fureur dans un sourire, dans un rire, dans une voix, et sa voix brusquement me roucoula des mots d'amour et des injures, tressés ensemble, un vrai bouquet où tout virait à l'insanité – ma chérie, ma pute, mon poussin, mon mignon, ma salope. Tournez manège. À m'étourdir de dégoût. Comment un mot d'amour pouvait-il ne plus se différencier d'un murmure ordurier ? Autour de nous le luxe de la pièce me paraissait tranchant, aride, un antre pour messe noire. J'allais crever. Marc n'était plus Marc mais un autre, cet autre qu'il n'avait pas été possible à mon imagination de créer, celui qui châtie en possédant, et ne sait que posséder, l'ogre, sa brutalité en faisait quelqu'un d'anonyme et d'insondable, anonyme frénésie et anonyme fureur, et pourtant son visage ne me quitterait plus. N'importe qui désormais pourrait abriter en lui une Furie. Animal mythologique. Homme qui ne sera jamais un dieu. Animal raté. Marc n'était plus Marc mais uniquement un corps qui brisait le mien. Il me débraguetta avec science et hâte, ardeur pour ne pas dire enthousiasme. Un des boutons ne daigna pas se retirer de sa petite fente passepoilée. Pouce et index piquaient une crise, s'activaient sur le récalcitrant. Pour Marc, l'utile et insignifiant bouton acquit soudain l'importance d'un objet détestable. Il s'escrima à cet ultime déboutonnage et soudain, parce que vaincu et moqué par ce morceau de corne et s'en rebiffant, ses ongles se crispèrent sur l'impudente chose et tirèrent, tirèrent jusqu'à ce que le fil cassât, que le bouton eût un hoquet, qu'il sautât dans l'abîme, retombât, et luge miniature. Évidemment, il me fit payer la résistance d'un infernal "bouton de merde". Sa force décupla, insondable, tentaculaire, torrentielle, grossissons le trait, ma peur était réelle, et folle, sa force m'assiégeait, elle me broyait, me faisait oublier qu'elle jaillissait d'une chair, de muscles, d'un corps en tout pareil au mien, il n'était plus que violence frontale, pathétique et insensée. Marc n'était plus un adolescent, il était cette foudre me labourant. Je vagissais des protestations. Par terreur et impuissance je retournais à un âge qui me paraissait déjà ancien, au temps où j'étais un gamin qu'un grand cousin martyrisait de sarcasmes et de prises de judo parce qu'il avait un invincible dégoût des gras et des timides. À un moment, et sans avertissement, dérisoirement, j'eus en tête que j'aurais à trouver une explication viable pour ma mère, quant au bouton manquant. J'inventerais. Inventer était mon truc. J'adorais inventer. Je n'avais besoin de personne, je ne devais plus rien à personne quand j'inventais.

Il repoussa d'un geste expert et sans réplique mon pantalon qui s'en alla tirebouchonner à mes chevilles.

Ôter un pantalon jusqu'à ce jour appartenait aux innombrables gestes machinaux, voilà, on se met à l'aise, on est rentré chez soi, on l'enlève pour enfiler un pyjama, haut et bas, ou pour en changer, se vêtir pour s'autoriser à parler aux autres, marcher dans les rues, avoir un rôle de fils, de cousin et de lycéen, ou de gamin en vacances. Sur cette bergère j'en étais dépouillé avec rudesse. Personne ne m'avait encore jamais mis nu.

Marc me fixait et me disait espèce de salope et me disait chérie. Son coude écrasait mon torse, sa hanche appuyait sans ménagement sur ma hanche. Que je sois beau ou laid ne comptait plus pour moi, ni peut-être pour lui. J'étais un corps indescriptible. Les doux sentiments, c'est pour les cons, les dégénérés, les inachevés, ceux qui sont à zigouiller, quoi. Son corps me faisait mal, ne faisait que cela. Je luttais contre lui – une ébauche de lutte sans cesse recommencée – mais dans le désespoir que ce fût pour rien, la défaite assurée. J'étais condamné. J'étais malade de soumission obligée, malade d'impuissance déclarée. Je ne possédais, je n'exprimais que des tronçons de révolte, qu'une débâcle sans retour. Je n'aurais plus jamais rien à offrir aux autres, Marc me prenait tout, me privait de tout, ne m'en restituerait pas une parcelle, pas une miette, il me pillait, il me saccageait. J'avais la certitude qu'avant moi il avait eu d'autres proies. De ses charmes, de son autorité il connaissait toutes les ressources, l'influence et la rouerie, toute la puissance. Il se connaissait assez bien lui-même, supposai-je. Il n'a pas d'âme, me dirais-je un jour proche. C'était l'ultime époque où quelques individus attribuaient encore une âme à leur prochain.

Il me bâillonna de sa paume. On puait la sueur. Corps devenus sueur. Nos sueurs s'étaient mêlées. Brusquement je sentis son sexe contre mon cul, sa poussée en moi, je hurlais, il me disait, crie, c'est bon de crier, mon chéri, les petites putes crient, les fils à maman crient, il me prenait, il avait ôté sa paume de ma bouche, crie, crie, ne te gêne pas, il n'y a personne pour t'entendre, la fameuse tante du dessus n'existe pas, espèce de naïf. Il entrait plus profond en moi, je ruais pour me dessouder de lui, le désarçonner, la douleur m'insufflant l'énergie de l'abréger, j'étais une victime, j'étais une définition sans nuance, il me possédait, il aimait ça, il aimait mon affolement et ma douleur, mes tortillements de ver, ça faisait mal, j'allais croire que tous les sexes font mal, sont source de douleur, expriment la volonté de faire mal. Mais pourquoi donc Marc n'avait-il pas voulu qu'entre nous tout soit agréable, harmonieux, tissé de confiance, nos mouvements se répondant ? Non, tout était épieu et gifles et acier, tout pour anéantir et conquérir, pour bannir tout plaisir, en moi du moins, en lui, je ne savais pas, je savais si peu de lui en somme, excepté qu'il obtenait son plaisir en m'écoutant ne pas en avoir. Je crevais de tenter de le repousser, je crevais de me battre inutilement, je crevais de lui, et je crevais de moi-même, et je combattis.

En me possédant sans mon consentement il était trop aux exigences de son corps et à la bassesse de son esprit pour mesurer la profondeur de ma mortification et le chaos des turbulences qui m'agitaient. Il niait alors le pouvoir de vengeance qu'engendrerait ma non-jouissance, il ignorait que la haine que j'aurais de lui aurait bien plus de puissance que la sienne, puisqu'il devait tout de même me haïr pour me soumettre ainsi à sa violence. Qui de lui ou moi haïssait le plus l'autre ? Était-ce vraiment de la haine, ce qui l'animait, et si ce n'en était pas, alors quoi, c'était quoi ? Le mal est-il un terme qui peut tout expliquer ? Nous étions corps contre corps, abîme contre abîme. La détestation que j'aurais désormais de son corps allait se retourner souvent contre tout corps qui viendrait à moi.

Il me maintenait encore sous lui, bien après avoir répandu son foutre, s'être retiré, et pourtant je ne l'intéressais plus du tout, le réceptacle avait été utilisé. Mais il eut un comportement qui me déconcerta, il baisa mon épaule, ma nuque, le lobe de mon oreille, mes cheveux, en un gai et tendre bécotage qui, malgré moi, me fit frissonner de plaisir. Je refoulai, je suspendis mes peurs innombrables, mon ressentiment, mon agressivité qui avait été prête à bondir. Son désir avait exigé la brutalité d'une possession. Si je ne l'avais pas compris, il n'y pouvait rien. Pourquoi se justifier et de quoi ? Il n'y avait pas eu viol, mon vieux. Gifles et insultes électrisaient la cervelle de tout mâle, non ? Ça fouettait le sang des mecs. Voilà ce qu'il aurait avancé si je l'avais questionné sur sa conduite à mon égard, mais ces questions n'étaient pas encore de mon âge. Son bécotage se poursuivait, exprimait une certaine tendresse, il me remerciait d'avoir pu se satisfaire avec moi, même si je ne lui avais pas été de tout repos et plutôt du genre sacrément coincé, faudrait que je me fasse tringler plus souvent, que je sois pute plus souvent, il m'aimait bien, des culs comme le mien étaient nécessaires à des gars comme lui, hein, petit enculé de mon cœur. Je ne répliquai pas. Et s'il était pourri de syphilis ? Ce qui me fichait à l'avance la frousse, c'était l'aveu que j'aurais à faire à mes parents, comment c'était arrivé. Fils ingrat, fils pourri, fils traître, fils anormal, fils à condamner au bûcher, je serais soudain tout ça. Oh ! on m'aimerait toujours, mais on aurait préféré, sûr, ne nous interromps pas, tu n'as pas à nous interrompre, tu n'as plus droit à la parole, oui, on aurait préféré que tu ne sois pas né, construisons la scène aussi plausible qu'une autre, clair-obscur et tout le tintouin pictural et mémoriel, et mon père dirait, que va-t-il advenir de moi, les D. ne viendront plus dans mon atelier, il y aura du bouche à oreille, ma clientèle quittera le bateau, tout ça à cause d'un fils, moi, l'Arménien, j'ai engendré un vicieux ! Il n'a rien dit de tout cela. La scène n'a jamais eu lieu.

Voilà que ses mains couraient sur moi, poitrine, hanches, couilles, cul, tièdes, elles caressaient et caressaient bien, car dans l'intention de combler et de reprendre souffle et de reprendre corps et de prendre ce corps déjà pris, puis de redevenir un jeune homme adorable et envié, et peut-être un peu amoureux, elles caressaient tétons, ventre et sexe, intérieur des cuisses, tout mon corps sous une seule caresse immense, et moi j'étais pris de caresse comme on dit de folie. J'avais haï cet homme lorsqu'il me possédait, et j'oubliais d'un coup de le haïr. Il se renversa soudain en arrière. Il retrouvait ses esprits. Il m'abandonnait. Je le haïs de nouveau. Il n'avait plus à conquérir, il avait conquis. Une appréhension grignotait lentement son assurance de jeune matou bien nourri. Le foutre refroidissait et la victime, probabilité parmi d'autres, s'armait, se jurait d'abattre le maître. Il respirait court, pendant que je sortais de ma torpeur et de ma soumission. Comment un garçon tel que Marc avait-il pu être tour à tour raffiné et bestial ? À mon flanc, un garçon avachi, satisfait et angoissé que je raconte à mes proches ce qu'il m'avait offert et que je dirais avoir subi. Il ne regrettait nullement, pensé-je aujourd'hui, ce qu'il avait accompli, ce qu'il m'avait imposé, et même il devait être convaincu qu'il n'avait rien détruit en moi, que j'avais eu ce que j'attendais, que ma pudeur demandait à être bousculée, abattue, piétinée. Il refusait de culpabiliser et pour cela j'étais sommé de ne divulguer à quiconque ce qu'il m'avait fait, et c'était bien peu. La tranquillité de son esprit serait au prix de mon silence. En me taisant, je n'existerais plus pour lui et il serait de nouveau libre dans ses actions, prêt à répéter ce qui avait tout d'un viol. C'était à moi de me contenter de mon effroi, à moi de me priver de parole, à moi de continuer à me briser au souvenir de ce qui s'était passé entre nous cet après-midi. Pourquoi devrais-je faire toute une histoire de ce qui était sans grande conséquence, pour lui comme pour moi ou disons que si ça n'avait pas grande conséquence pour lui, ce ne devrait pas en avoir davantage pour moi. Que je ne me prenne pas pour un dieu ! Ce qui s'était passé entre nous n'avait rien de grave. Je n'y avais tout simplement pas assez mis du mien. Je n'avais pas rempli le rôle qui m'était dévolu.

Je me taisais. Je me tairais. Je me suis tu. Je devins ce qu'il s'imaginait que j'étais : chose à prendre, bloc de silence, chose à renvoyer dans ses pénates, et ne fais plus chier. Je finis par promettre que je ne dirais rien. Je me tairais, parce que je n'aurais pas le courage de parler de mon corps et de son corps à lui et de ce à quoi celui-ci avait obligé celui-là. C'est bien, t'es un brave gars, merci, je t'aime bien.

Je ne partais pas ? Pourquoi n'avais-je pas disparu, comme par enchantement, du boudoir, de l'appartement ? Pourquoi persistais-je à rester collé à la bergère ? Pour le narguer ? Étrangement, il me redonnait assise et confiance en moi. Oui, j'étais un bon garçon qui lui aussi engrangeait de la violence, de la colère, de la haine mais, chez moi, ça ne sortait pas, ça croupissait dans mes tréfonds, ça m'empoisonnait et n'en finirait pas. J'étais privé de cris et de gestes, de liberté en somme. Rendossant la panoplie du type convivial, il m'invita à me doucher. Tu seras mieux après. Je hochai la tête, j'étais d'accord. Douché, je serais présentable à mes parents. Je réussis à m'extraire de la bergère. Minotaure fatigué, il me mena le long d'un interminable couloir. Je trébuchais, je titubais.

C'est ici.

Salle de bains en faux marbre, appliques d'opaline rose et cuivre, draps éponge sagement pliés sur un porte-serviette chromé et embaumant la lavande.

Entre.

Je n'étais plus sa chose, semblait-il. Il me considérait maintenant avec un calme ému. Je m'étais rhabillé dans un boudoir, et c'est dans une salle de bains que je me redéshabillais. J'enjambais la baignoire. Il observait ma nudité, mon entière nudité, et je rougissais comme jamais et j'aurais voulu que ma nudité soit une hache. Il me rejoignit. Le jet fusa sur nous. C'est lui qui me lava, je ne protestai pas. Il me lavait de ses sécrétions. Il me lavait avec attention, avec sérieux, presque avec précaution, comme hier encore le faisait ma mère. Il m'embrassa sur l'épaule. J'eus un sursaut. Je refusai. Un refus aussi précis qu'un crachat. Il n'y aurait plus de ces caresses entre nous. Il s'en montra vexé. Il eut un sourire, d'ironie et de dédain et d'incompréhension. Il renonça à me toucher. Il me laissa à distance de lui, nu et avec toute la mémoire que j'avais de lui. Il me tourna le dos sans pour cela m'ignorer, c'était sensible, son corps respirait près du mien. Il avait un ravissant cul de mec et j'eus envie de l'enculer. Le soumettre à mon tour et sans ménagement. Être lui, enfin ? Je rêvais sur moi-même… L'eau sur nous. Un rinçage hâtif. Quitter ce vase clos qu'est une baignoire. S'essuyer.

Recoiffe-toi.

Je me recoiffai. Chacun de mes vêtements épousant ma peau, ma silhouette. Je ressemblais au garçon que j'étais en sonnant à la porte de l'appartement des D. Il se désola pour le bouton qui manquait à ma braguette. Il me raccompagna à sa porte. Il eut cette phrase sans moquerie, d'une déroutante sincérité : Reviens quand tu veux. Il gardait foi en son pouvoir d'attraction. Vraiment ? Oui, puisqu'il n'y avait pas eu viol à ses yeux. Puisque je ne dirais rien, j'avais alors l'autorisation de revenir et de me faire baiser. Je ne répondis pas.

Tu reviendras.

Il me regarda descendre l'escalier. Je n'étais plus pour lui qu'un petit bonhomme neutre qui avait été sa proie plus que son amant.

Il en rajoutait dans l'aplomb et l'inconscience, ou la perversité, il me fatiguait, il m'épouvantait. Je fus enfin dans la rue, presque chez moi. Entre moi et mon trajet s'interposaient son visage et sa nudité, et pourtant je me sentais en sécurité.

L'appartement familial avait la tiédeur confondante du passé. Je n'étais qu'enfance ou, mieux, que nostalgie de mon enfance en le retrouvant. J'ôtai mes chaussures, les fourrai dans le placard qui leur était dévolu, je glissai mes pieds dans des pantoufles de cuir souple. En circulant à travers les pièces – le couloir, la cuisine, ma chambre –, j'avais sous les yeux un autre espace, dont je m'étais enfui, le royaume de Marc. L'ordonnancement de mon univers familial ne s'était, en mon absence, pas modifié, pas altéré – il était accueillant, sans aspérité. S'y imprimait déjà ce que je projetais d'un passé très proche – un chaos, une dérive et mon territoire de fils en était envahi. L'illusion que j'avais entretenue sur la quiétude condensée entre ces murs familiers sombrait.

Dans la salle d'eau je scrutais mes traits. Trahissaient-ils une mutation ? La peur s'y était-elle incrustée ? Y avait-il trace d'une rougeur ou d'une morsure suspecte sur mes joues, mon cou, mes paumes ? Plus je m'accrochais à cette minutieuse inspection, plus me lancinaient les images d'un corps violentant le mien. J'avais l'impression qu'on me giflait encore, et encore, et encore, qu'on me piétinait encore, et plus, toujours plus, et encore plus, et que ça ne s'arrêterait jamais. De toute éternité. La mémoire que j'avais des heures écoulées avec Marc me recouvrait, me forçait comme lui, Marc, y avait réussi.

Ma mère rentra du travail.
À quoi as-tu passé ton temps ?
Suis allé à la piscine.
C'était bien ?
Je n'y suis pas resté très longtemps.
Ah ?

Trop de gens.

Elle n'observa aucun changement en moi. Ni mon père plus tard. Le dîner se déroula mollement. Je fis honneur au gratin de pâtes. J'avais faim. Avoir été abusé ne me coupa pas l'appétit. La mort de mon père, celle de ma mère, des années plus tard, ne me détournèrent pas d'un plat de rognons ou d'une jatte de fraises à la crème battue. Les garçons, m'avait répété maman, ont toujours faim. Doivent avoir faim. J'étais un vrai garçon. La vaisselle faite, et mise à égoutter, l'évier récuré, mes parents se replièrent – faut-il préciser "mes parents" ? – au salon, où la télévision les accueillait chaque soir. Moi, je me préparais à la nuit. En procédant à ma toilette, en échangeant chemise et pantalon contre haut et bas d'un pyjama, je me surpris à fermer les yeux durant un certain temps, durant tout l'habillage. Ainsi je me débrouillai pour que mon corps me soit invisible. Quelles furent alors mes pensées ? Qu'ai-je projeté sur l'avenir ? Une vengeance ? Un suicide ? Ai-je minimisé l'acte ou l'ai-je élargi jusqu'à l'effroi, la rage, le désespoir ? Qui étais-je donc, ce soir-là ? Parmi les remous de haine, y a-t-il eu la culpabilité d'avoir aimé Marc, de l'aimer encore un tout petit peu ? Si Marc avait été à côté de moi, qu'en aurait-il été de nous, de mon désir, de ma peur, de ma haine ? Au salon, mes parents regardaient un débat, des gens palabraient et moi je n'avais pas les mots pour leur dire ce que j'avais subi. Un viol réduisait en poussière mes aléas scolaires, les potins familiaux, le labeur quotidien de mes parents, un printemps étincelant et chaud, le présent et l'avenir, il dévaluait ce qui constituait la trame de mes jours, ce qui faisait de moi un être humain. Les mots, se confier auraient-ils plus tard leur heure ? Ma nudité, me disais-je, ne ressemblait point à celle des autres, elle attirait la souillure et la violence. Nudité impure ? Pouvait-elle l'être vraiment ?

Les semaines qui suivirent, il m'arriva, comme à l'habitude, de croiser Marc dans la cour du lycée. Il rougissait à peine. Ses yeux exprimaient une froideur que je jugeais éhontée et admirable. Je jalousais l'attitude de dédain qu'il me servait. Je le détestais, certes, mais cette détestation était invisible. De semaine en semaine elle se figeait, elle m'encombrait, mais elle ne disparaîtrait jamais, et de cela j'avais l'intuition. J'avais tenu la promesse de me taire. Il était libre de m'ignorer. Je n'eus pas l'honnêteté de m'en avouer furieux. Je n'ai cette honnêteté qu'aujourd'hui, à cet instant. Il était évidemment toujours beau, ce cher Marc. Sa beauté, constatais-je, s'était même affirmée. Je continuais à le désirer. Je le désirais et je désirais le posséder. Je n'étais pas né pour l'indifférence. Il continuait ainsi à m'être supérieur, à me lier à lui. Ce qui m'épargna une dangereuse et stérile fixation, ce furent les autres garçons évoluant dans la cour du lycée. Certains, beaucoup, me plaisaient. Je renouais soudain, sans prévenir, avec mon regard, avec l'émotion que provoquait en moi un corps. Mais le trouble que je ressentais à la vue de Jean ou de Roger s'alourdissait de méfiance. On ne m'avait pas dit que le désir ne conduit pas nécessairement au plaisir. Qui, d'ailleurs, me l'aurait dit ? Pas mes parents, c'est sûr. Pourquoi, me demandais-je, Jean ou Roger ne seraient-ils pas frères de Marc par leur comportement dans un lit, un terrain vague ou sur une bergère ? J'étais partagé entre vouloir coucher avec l'un de ces garçons et me refuser par prudence à tout ébat. Et si toute étreinte portait en elle le germe du viol ? Par sa violence, Marc avait faussé mon regard sur l'acte sexuel. C'était une douleur de saisir cette évidence. Je me limitais donc à observer les garçons.

L'année scolaire s'acheva. Une fois de plus on m'invita à redoubler. J'étais, semblait-il, condamné à vieillir dans le ressassement et le rabâchage. Mes parents désespéraient de mes successifs échecs scolaires. Ils parlementèrent avec le proviseur. Les trois parvinrent à la conclusion que le lycée n'était pas favorable à mon épanouissement. Aucun résultat probant n'en sortirait. On m'inscrivit alors dans un établissement privé. Je ne revis plus Marc. Les dieux n'eurent pas la malignité de me remettre en sa présence, même pas rue Émile-Noirot. J'avais aimé. J'avais été forcé. Je n'oublierais rien. Le visage de Marc s'estompa. Son corps perdit forme. Mes rêves mêmes ne le croisèrent plus. Je ne regrettai pas sa beauté. Ne subsista de lui que la brutalité avec laquelle il m'avait soumis à sa volonté. C'est là, en moi, jusqu'à ce jour, tandis que j'écris.

Mon inscription à l'école libre, puis mon immersion dans la routine des cours ne provoquèrent pas de fracture avec le quotidien du lycée. Il n'y eut pas vraiment de perte de repères. C'était l'école et le monde qu'elle instituait. Pendant quelques semaines j'eus seulement l'illusion que le nouveau décor que j'arpentais, dans lequel j'étais consigné, abolissait le précédent. Cette illusion, qui est une réalité comme une autre, dura peu. Il y avait encore inadéquation entre moi et l'univers de l'enseignement. Mouton noir et vilain petit canard je restais, et ne m'en formalisais plus. Je m'habituais à mes professeurs sans qu'il y eût entre nous compréhension, attachement, communication. Deux rives se fixaient en chiens de faïence. Et vogue le navire ! Mon insatiable curiosité débordait le champ des matières imposées. Elle sautait à pieds joints par-dessus les programmes, les méprisait tous. En revanche, chansons, films, livres constituaient pour moi un tout, vivaient d'un incessant dialogue, m'offraient une respiration. En cours, j'avais l'impression qu'on nous apprenait à piétiner, à considérer l'ennui comme une ascèse obligée, que j'étais déjà à demain, ou encore à hier, quand on tentait de me clouer à aujourd'hui.

Je copinais avec quelques élèves sans pour cela me leurrer. Tout individu et toute horde d'individus se révéleraient tôt ou tard, et plus tôt que tard, des ennemis. J'avais la certitude de mieux les connaître qu'ils ne me connaissaient. J'attribuais à la violence que j'avais subie le droit de juger et le don de divination. Les garçons, je les identifiais telle une espèce impatiente de dénicher une victime pour la briser. J'entretenais cependant un espoir, faible, très faible, qu'ils ne soient pas ce qu'avait été et était Marc. En eux, je ne décelais nul désir homosexuel. Pas un, et j'en étais presque soulagé, ne faisait battre mon cœur. Il se peut que je me sois défendu en leur présence d'avoir une queue imposant ses exigences. Ils m'étaient sympathiques et ne m'intéressaient pas. De plus, je ne leur trouvais aucune réelle consistance, comme à la plupart de mes potes du lycée. La littérature, c'était pour eux à bâiller. Le cinéma, il ne devait être que d'action. *La Belle et la Bête* leur paraissait une fadaise délirante. L'absence de désir pour ces insignifiants n'annulait pas celui que j'avais dans les rues, pour un visage, un cul, un entrejambe. Le masque de normalité (ce qu'on nommait ainsi) que j'affichais dans la cour de l'établissement était malgré tout friable. Quelques types ne s'y laissèrent pas tromper. J'essuyais parfois des moqueries et des insinuations. Nos professeurs, essentiellement des ecclésiastiques, ne toléraient pas l'insulte. D'épaisses œillères leur interdisaient d'imaginer qu'un bougre ait pu s'infiltrer parmi nous. Devant eux, on n'aurait pas osé me traîner dans la boue.

J'ai omis de relater l'été qui suivit mon entrée à l'institution religieuse. Chaque jour, je fréquentais la piscine municipale. Mes lunettes de soleil me permettaient de mater les nageurs sans qu'ils ne surprennent l'intérêt qu'ils éveillaient en moi. Paresseusement j'enchaînais quelques brasses, mais préférais m'asseoir au bord d'un des trois bassins pour inspecter à loisir les eaux et leurs alentours. C'est à ce poste de vigie que je rencontrai un homme, un trentenaire s'empâtant déjà et qui néanmoins m'était tout sauf négligeable. C'était un brun de haute taille. Ma curiosité concernant son nom et son métier ne fut jamais satisfaite. Ni vraiment beau ni vraiment laid, il diffusait pourtant un appétit de tendresse qui me chavirait et le sexualisait. Je venais de fêter mes quinze ans. Couché sur le rebord d'un bassin, cet homme feignait le sommeil. Il me fixait. Comme s'il n'avait rien de mieux à faire. Je n'étais pas dupe. On l'est rarement dans ce genre de situation. Et voilà qu'il fut à mon côté.

Je peux m'asseoir ?

Oui. Bien sûr.

On parla. De nos régulières visites à la piscine. Des amis qu'il n'avait peut-être pas, des miens qui n'existaient pas. Nous parlions en somme de nos solitudes respectives. Nous parlâmes de mes études qui m'emmerdaient, ce dont je tirais gloire ; de la liberté que m'accordaient mes chers parents, de mes parents. Paroles qui donnaient à l'intérêt que nous avions l'un pour l'autre une intensité impérative. Nos maillots moulaient ce qui nous excitait. Nous nous voulions nus. J'étais un jeune garçon. Je lui fis entendre que mon pucelage appartenait au passé. Il ne vit plus aucune interdiction à une étreinte. Il buvait mes confidences. J'écoutais avec négligence les siennes. Son corps s'imposait à moi. Je lui taisais Marc. Il me proposa soudain un rendez-vous pour le lendemain, dans l'après-midi, vers trois heures, mais pas ici, pas à la piscine, ailleurs, à l'orée d'un faubourg de Roanne. Je fus exact au rendez-vous.

Je me répétais qu'avec lui ce serait différent d'avec Marc. Il s'appelait Julien. J'aimais ce prénom. Que mon grand-père l'eût porté me le rendait proche. Sur le chemin menant à notre rencontre, je me fis un portrait de lui tout de douceur. Il m'attendait. Il me guettait. Il avait garé sa voiture non loin du terminus d'une ligne de bus. Il se pencha à la portière dès qu'il m'aperçut.

Monte.

Il ne m'avait pas précisé la veille qu'il possédait un véhicule. Des hommes enlevaient des garçons, enlevaient des filles dont on découvrait la charogne des jours plus tard. Les journaux étalaient en première page ce genre de crimes. La peur se rappela à moi, me barbouilla de moiteur. Le souffle me manquait. Mais je ne pris pas mes jambes à mon cou. Je pensai à Marc et refusai que son souvenir pourrisse la nouvelle occasion qui m'était donnée d'aimer. Je me persuadai que cet homme ne serait pas un bourreau. Ce fut donc dans un état de sourde agitation que je m'installai près de lui et c'est lui qui referma la portière. Je me rêvais confiant, délié de toute angoisse. Dès que je fus à son côté, il me toucha la cuisse en me remerciant de ne pas lui avoir posé un lapin. J'étais quelqu'un de bien. Il fallait beaucoup me chérir. Il m'emmena au profond des campagnes, dans les monts de la Madeleine. Disert, il exprimait sa passion d'une nature boudée par les touristes. J'étais à son diapason. C'est bien, oh ! comme c'est bien, disait-il, on est pareils. Avec lui, chaque arbre, chaque fleur, chaque herbe avait un nom. Son savoir m'impressionnait. Il me parut brusquement plus âgé qu'il ne l'était. Il me dit que ce devait être un bonheur d'être mon père. Il gara sa quatre-chevaux à la lisière d'un bois, après avoir emprunté un chemin de terre qui lui était, c'était évident, familier. Je m'évertuais à bâillonner mon inquiétude. Je me répétais qu'il n'avait rien de Marc. Combien de fois avait-il roulé sur ce chemin ? Non, je ne devais pas le soupçonner de quelque dessein sordide. Avoir confiance, que ce soit possible ! Qu'il soit celui qui me ferait oublier Marc. Qu'il soit, et merveilleusement, par la grâce de sa tendresse, qu'il soit un amant, un vrai, un bel amant. La sérénité qu'il affichait me paraissait inouïe, il avait une telle maîtrise de lui-même que ça m'empêcha peu à peu de me représenter ce qu'il adviendrait de moi, de nous, dans une seconde, très bientôt. Il m'invita à descendre de voiture. J'interprétais l'invitation comme un ordre. Mais un ordre acceptable. J'avais la liberté de refuser, et quelque chose me disait qu'il ne s'y opposerait pas, qu'il n'en aurait qu'une grande douleur, et je ne voulais pas cela. Il n'était pas dans sa volonté, pas dans son être, de meurtrir. Je hochais la tête en signe d'assentiment. Chacun de son côté, on s'est extrait de nos sièges. Il n'avait pas plu depuis longtemps. Le sol était poudreux. Le bruissement des feuillages m'exaltait. Il me saisit la main, nous nous enfonçâmes dans les bois. Où allions-nous ? Il n'y aurait pas de meurtre. Ce ne pouvait être. Ce ne serait pas. Que ma main soit dans la sienne et j'avais la sensation que sa paume parcourait déjà mon corps entier. Si ogre il était, ce serait un ogre de bonté, et amoureux. Nous émergeâmes dans une clairière dont il me dit qu'elle était faite pour nous, que nous n'irions pas plus loin. Clairière gazonnée. Dorée de lueurs tremblées. C'est là que j'eus mon premier amant, car Marc fut autre chose, on n'est pas un amant lorsqu'on viole son partenaire. Je connus un grand bonheur. Baisers, caresses, pénétration résultaient du don. Julien donnait en me possédant. Je m'étais crispé au premier effleurement de nos nudités, puis j'obtins ce que j'espérais, ce qui ne serait qu'à nous deux. Marc ne se dressa plus entre lui et moi. Simplicité des offrandes, recul des limites, joie brûlante, qu'est-ce qui n'a pas été dit et écrit sur le plaisir partagé ? Julien m'aima vraiment.

Nous nous revîmes cinq fois dans ce paysage sylvestre, jusqu'à ce que je doive accompagner en août mes parents à Royan, où nous passerions les vacances. Pendant ce mois il me manqua en permanence, sa voix me manqua, nos ébats me manquèrent, tout de lui me manquait, j'étais amoureux. De cet août ensoleillé et maritime ne survivent que l'astre dans le ciel, les plages, les marées, et la gentillesse sans surprise, mais qui m'était essentielle, de mes parents. J'eus très peu de regards pour les garçons peuplant les rues de la ville et le rivage. Gorgé de soleil et du bruit des vagues, je n'eus pas le moindre regret d'abandonner un décor aussi somptueux qu'il était banal. Dès le lendemain de mon retour à Roanne, j'allai me poster sous le platane où j'attendais Julien quand, par hasard, j'étais en avance sur notre rendez-vous. Nous avions arrêté le jour et l'heure de nos retrouvailles. Je pris conscience sous le vénérable arbre qu'il ne m'avait pas confié son numéro de téléphone. Tandis que je l'attendais, sa voix se répandait en moi. Elle était alors toute ma mémoire, elle était ce que je possédais au plus profond de moi, elle était vivante et claire. C'était sa voix. Comme il était du genre ponctuel, son retard me ravageait. Quand il arrivait avant moi, il me disait qu'il était toujours ému de me voir venir à lui, et je venais toujours à lui. Je guettai la quatre-chevaux deux heures durant. Comment aurais-je pu alors émettre l'hypothèse qu'il fasse défaut à notre histoire ? Rien ne devait l'empêcher de me rejoindre. Nous étions l'un à l'autre. Renverser des montagnes pour être contre moi n'aurait pas été pour lui du domaine de l'impossible. Adossé au tronc du platane, j'avais sans doute l'air égaré de qui ne s'autorise pas encore à comprendre, à accepter l'impensable, à renoncer. Il ne vint ni ce jour-là ni le suivant, il ne vint plus jamais. Je fus, des après-midis durant, piquet sur un trottoir de faubourg. Je fis quelques apparitions à la piscine. J'étais prêt à le surprendre avec un autre garçon, j'étais prêt à vivre la jalousie. Il était partout invisible. Je l'aimais et ne me résolvais pas à me dire que je l'avais aimé, que je devais ne plus l'aimer. Lors de notre ultime rencontre je n'avais perçu en lui ni gêne, ni froideur, ni désespoir. Qu'était-il survenu dans sa vie pour qu'il se volatilise ainsi ? La pensée qu'il soit mort ne me frôla pas une seconde. C'était un salaud, me disais-je pour me réconforter. Les raisons supposées de sa déloyauté et de sa désertion entretenaient ma peine et ma colère. Je me refusais à imaginer l'extinction de tout espoir. Je refusais que s'affaiblisse jusqu'à l'insignifiance le sentiment que je nourrissais pour lui. Je me mis à jalouser l'amour qui unissait si durablement mes parents. Je n'étais pas taillé à leur aune. Le fils serait définitivement inférieur à ses géniteurs. Marc m'avait humilié et, à sa façon, Julien aussi, en disparaissant sans un mot. Julien me visita parfois dans mes rêves. Puis mes rêves connurent d'autres promeneurs. Il y a des lustres que je ne maudis plus Julien. À quoi bon ? Le souvenir de nos étreintes persiste et a plus de puissance que mon chagrin devenu si pâle et que mon amertume. Cette histoire d'amour qu'un des partenaires tua en plein vol eut pour conséquence un désintérêt encore plus radical pour les études. Si je me défendais de draguer à l'école, en revanche je ne me privais pas de lorgner des garçons dans les rues. J'avais plus de quinze ans et déjà une demi-douzaine d'aventures.

L'institution religieuse fut, bien que je me sois tenu sur mes gardes, le théâtre d'un nouvel enfer sous les traits d'un garçon qui s'apprêtait à passer son baccalauréat. Une classe supérieure à la mienne me fournit donc une deuxième ordure. Sa famille se colletait journellement avec une pauvreté dont ses membres héritaient de génération en génération. Le chaos la menaçait dès le 15 de chaque mois. Père et mère se saignaient aux quatre veines pour que leur unique rejeton acquière une éducation digne du doué qu'ils s'obstinaient à juger tel. À la maison, on étayait un désespoir latent d'une gaieté démesurée et artificielle. Mais ça marchait. Pareil à ses proches, celui qui n'hériterait de rien avait un rire ample et sonore qui vous happait, vous étourdissait, vous fatiguait et parfois vous réjouissait. Toujours, qu'il lâchait son rire, je me tournais vers lui. Son visage me devint alors familier. Je le repérais de loin. Ce rire en cataracte surprenait d'autant plus qu'il giclait d'un corps maigre dont Luc, puisque tel était le prénom du garçon, tirait vanité, et peut-être orgueil. Il exposait un fanatique dégoût pour les grasses rondeurs, la gélatineuse obésité où l'esprit, pensait-il, s'affaissait, s'engloutissait. Je l'avais, en baguenaudant dans la cour et sur le préau, entendu proférer sa répulsion. Moi, j'avais une fâcheuse tendance à forcir, à me caler dans un embonpoint qui me guettait toujours et advenait pendant quelques semaines, puis se résorbait par le régime alimentaire que ma mère m'imposait. Lui, c'était une perche, un échassier tout en muscles et tendons et nervosité. Il arborait une chevelure d'un roux très roux que le cliché veut flamboyant. Il rigolait en rappelant à un auditoire souvent composé de ses copains de classe que sa tignasse était le signe des mauvais de naissance, et il en faisait la roue. Malgré mon lard ingouvernable, je ne résistai pas à l'impulsion de le draguer. Ce fut une faute dont je devais me repentir. D'abord il n'eut cure de mes avances, en fut excédé ensuite, mordit à l'hameçon enfin. Je conjecturais que la bouée de chair molle à mes hanches s'accorderait parfaitement à l'étroitesse des siennes. J'évoluais autour de lui, il s'empourprait à ma danse de jeune tétras. Il redoutait qu'à ne pas m'envoyer son poing dans la gueule sa réputation de joli coq à la batailleuse virilité en pâtisse rudement et même ne s'en remette pas. On ne peut pas être coq et pédé, n'est-ce pas ? Plusieurs fois il fonça sur moi pour me prier de déguerpir, mais c'était avec peu de conviction, et il en devenait louche pour certains de ses potes. Sa main broyait mon épaule, mon avant-bras, mes phalanges, ce qu'il parvenait à saisir. Il relâchait son emprise avec panique. Il m'avait touché. Qu'il s'affiche en dur ne me bernait pas. Je le savais, obscurément, puis consciemment. Ses fanfaronnades de mâle me divertissaient, mieux : m'émouvaient. Sa brutalité – Marc, lui, exerçait la sienne avec un fond de froideur impie – ne me rebutait pas. Elle ne m'était qu'une grimace, une singerie. Le bruit courait cependant qu'il était d'une immoralité crasse, ce qui faisait tache parmi ses potes, mais colorait le camaïeu de gris dans lequel se fondaient la plupart des élèves. On disait qu'il ne crachait pas sur les filles, et on susurrait qu'il ne refusait pas de plier des éphèbes à son bon plaisir. Il les baisait, et comme il était le baiseur, et non le baisé, on avait la preuve qu'il était un étalon comme on en rencontre peu. Il avait des couilles. C'était un homme. Malgré tout il n'appréciait pas outre mesure que je m'approprie la cour de l'école comme un terrain de chasse dont il serait le gibier.

Ça le désemparait, l'horripilait et le fascinait. J'étais donc dans sa vie. Comment alors me négliger ? Il ne parvenait pas à me haïr. Pas encore. Mes provocations l'encombraient, provocations sans réel éclat cependant – un clin d'œil, une bourrade, un rire qui s'escrimait à rivaliser avec le sien –, toutes exécutées en rejetant la tête en arrière, promesse d'une offrande. Je glanais des bribes des prophéties qu'il déclamait devant ses copains : il aurait à trente ans plus de cent maîtresses, il épouserait une femme riche, il l'engrosserait et ne ferait que des garçons. Je trouvais qu'il avait le fantasme fade. Je me disais que je saurais l'enfermer dans une histoire éblouissante qui, même si nous rompions, le poursuivrait sa vie durant. De rapprochement en rapprochement, nous finîmes par avoir des conversations en dehors de l'institution religieuse. Les pognes dans les poches de son pantalon, la mine concentrée, l'ironie aux lèvres, il me toisait, m'écoutait, me répondait. Dans son regard le pédé que j'étais prenait corps. Un jour, je l'invitais – sur un ton impératif – à venir chez moi un samedi. Il m'envoya balader, je revins à l'assaut, il tergiversa – de quelle étoffe étais-je donc ? de quel métal étais-je bardé ? –, ma proposition avait quelque chose de débile et d'insane, je racolais ou quoi ? Mais il céda. Sa décision avait dépassé ses préjugés et ses crispations. Le désir l'habitait, ça, oui, je le voyais. Il ne me le pardonnerait pas. Le protocole s'inversait. Ce n'était plus Marc qui me halait jusqu'au lieu de l'accomplissement, mais moi qui attirait dans mon antre un gars qui s'ébahissait devant la succession de meubles envahissant l'appartement de mes parents. Nous longeâmes le long couloir coudé en son milieu, jalonné de guéridons, de banquettes et de commodes, et voilà que nous abordâmes ma chambre. Je lui dis que mes parents étaient au boulot, oui, même un samedi. Il paraissait engourdi d'une adorable timidité, avec une expression d'animal que la découverte d'un nouvel espace ne rassurait pas. Je n'étais pas Marc, avais-je envie de lui dire, mais Marc n'avait rien à foutre entre nous deux ! Pas de mambo sur un électrophone. Pas d'oranges pressées. En revanche, un silence de bon aloi, réconfortant, qui nous étreignait. Il gloussa d'étonnement, de gêne et d'acceptation, lorsque je fus à sa hauteur. Les rodomontades qu'il enchaînait devant ses potes n'avaient, dans ma chambre, plus cours. T'es drôle, toi, me dit-il, dès que je me risquai à le palper. Je m'affairai aux boutons de sa chemise, puis à sa ceinture. Sa passivité de médusé exacerbait mon appétit. Les pans de sa chemise, je les écartais, les repoussais avec impatience. J'inventais des caresses qui pour de plus aguerris à la prise de la citadelle auraient, je suppose, paru d'une habileté primaire. Elles provoquèrent chez lui l'effet que je souhaitais. Ses gestes bientôt se rythmèrent sur les miens, les reproduisirent. La conquête de l'autre était le but et l'apanage des deux. Je sentis tout de même que l'offusquait, le déroutait, mais lui plaisait que quelqu'un de son sexe inventorie ses attributs de bonne facture et s'en empare, les soupèse et qu'il y ait branlage. Il se dépouillait de son armure de mec très mec. Il rendait les armes. Il ne résistait plus. Je jubilais. Je ne serais à lui qu'après avoir été son maître. Il n'en revenait pas d'en arriver là, à ce lâchage de ses préjugés et de sa peur. Le plaisir montait. Il ne cherchait plus à cacher son émoi, ce désir qui le préparait – j'en avais la prémonition – à m'en tenir rigueur, à me le faire payer. Le souvenir lui en serait détestable. La honte ne devait pas être dans ses cordes. Une vague de contentement l'emporta contre moi, sous moi, car je l'obligeai à fléchir de tout son corps, à s'agenouiller, à s'étendre sur le tapis – le coucher sur mon lit, non, cela me demanderait plus tard d'effacer un désordre dont ma mère pourrait remarquer une trace –, à m'enivrer de sa nudité, il eut un instant de stupéfaction et de résistance quand, tout en mordillant sa nuque et ses épaules, je le pénétrai. Il m'aurait repoussé, je ne crois pas que j'aurais insisté, enfin, je ne pense pas. Il gémissait. Deux fois je me dessoudai de lui, ma prise n'étant pas assez assurée. Nous étions en somme en apprentissage. Je me répandis enfin en lui. Il jura, sombra dans une immobilité atone. Mes lèvres continuaient à s'égarer sur la peau de son dos. Brusquement il me fit basculer de côté, me rejetant de lui, et son regard eut l'effilé d'une lame. Qu'il ait éprouvé du plaisir en étant la monture et moi le cavalier battait en brèche l'image qu'il s'était forgée de lui-même, qu'il entretenait, qui le préservait jusqu'à cet après-midi d'une redistribution des rôles. J'étais celui qui brouillait son jeu, j'étais une ordure, et je l'avais possédé. Il paraissait si sonné de m'avoir appartenu qu'il ne songea même pas à me baiser à son tour. Illusoirement convaincu de ce qu'il programmait, il me dit, réagissant enfin, reconstruisant sa réputation, il me dit : La prochaine fois, ce sera moi. On n'en resterait donc pas là. Il reviendrait, ce qui me réjouissait. Il revint trois fois. Et ces trois fois, il oublia sa volonté de m'enfiler. Il ne rua jamais dans les brancards tandis que je menais le jeu allègrement. De rencontre en rencontre, il se coulait dans son rôle avec de plus en plus de naturel. Il s'attachait à moi, tandis que je m'apercevais que prendre son pied n'entraîne pas obligatoirement à aimer. J'aimais le baiser et je ne l'aimais pas. J'étais bien avec lui, voilà, et ça n'allait pas au-delà. L'assouvissement que je connaissais avec lui, je concevais aussi, parfois, le vivre avec d'autres. Il se dégoûtait cependant de son attachement. Je l'envoûtais, lâcha-t-il, cinglant, à notre dernière rencontre. Il se dégoûtait et je le dégoûtais. Je le dégradais. C'était ce qu'il pensait, après m'avoir quitté. Tentateur, j'étais d'une espèce à éradiquer. Quelques jours après nos derniers ébats j'appris incidemment – un de ses plus fidèles acolytes me chuchota dans la salle de gymnastique : Alors, on se fait enculer par Luc ? – qu'il avait raconté notre histoire en intervertissant les emplois que nous avions tenus avec tant de plaisir. Il tuait ainsi dans l'œuf toute possible suspicion à son égard. Désormais il me battit froid. Deux semaines s'écoulèrent. La troisième, il se vengea de son inadmissible honte. C'était un jour froid et ensoleillé de novembre. Peut-être veux-je en écrivant ceci que le ciel soit bleu, qu'il y ait une lumière cristalline sur les choses, que tant de beauté s'oppose à ce qui allait survenir. Le décor ? La cour de l'école. Le moment ? La cloche annonçant la fin de la récréation de dix heures. Que faisais-je ? Je me précipitais vers les chiottes situées dans un coin retiré pour ne pas avoir à demander la permission de m'absenter pendant un cours. Le lieu, si répugnant fût-il, ne me déplaisait pas vraiment. Je m'y retrouvais parfois pour lire un magazine ou garder les yeux dans le vague, sensuelle béatitude. Être seul m'était vital, souvent. Je n'écrasais jamais mes fesses sur le siège – le trône, ainsi ma mère nommait l'objet –, car en manquait l'abattant et l'émail était continuellement bruni de merde. Je m'habituais à la puanteur de l'endroit, bien que ce soit essentiellement l'odeur de ses propres crottes qu'on supporte, sans doute parce que c'est nous qui les produisons, parce qu'elles sont un peu de nous-mêmes et que leur plus ou moins forte pestilence nous est familière depuis toujours. Je m'apprêtais donc à pisser, au moment où ils grattèrent à la porte de ma retraite, comme des chiens énervés. J'avais la certitude que c'étaient eux, les potes de Luc, et que Luc était avec eux. Ils dégobillaient mon prénom, avec délectation. Je demeurai coi. Ils avaient renoncé à leur cours, ils me privaient du mien. Pour une fois, je regrettai ce qu'on m'aurait enseigné. Ils se foutaient de tout, sauf de leur résolution à me réduire en charpie. Ils tambourinèrent à la porte qui m'était encore un rempart entre eux et moi. Tambourinage qui me plongea dans la terreur, qui me dépouilla de toute défense. Ce bruit s'insinuait sous ma peau, dans ma gorge, sous mon crâne, y rampait, ne renonçait pas, mille insectes. Et la peau, et la chair sont fragiles. Ah ! Cette sensation d'être nu, et que notre nudité nous livre à l'ennemi. Soudain ils crièrent. C'étaient bien eux, les copains de Luc. Luc, lui, s'obligeait au mutisme, mais il était là, à leur côté, ils disaient son prénom, et sa présence les électrisait, les bestialisait, il était là, leur chef, farouche, certain que ce à quoi il entraînait ses complices était légitime et donc n'entrait pas dans la catégorie de l'injustifiable. À voix aiguës, ils décrivaient ce à quoi ils allaient me soumettre. Le chœur criait salope, ouvre ! Marc, lui aussi, m'avait appelé ainsi. Je me disais que sa haine n'était rien en regard de la leur. De celui que j'avais possédé, je n'entendais que le rire. Il ne m'était jamais venu à l'esprit que ce rire pouvait être terrifiant. J'étais replié sur moi-même. Je n'étais plus un garçon, leur haine m'asexuait, me châtrait. Je ne tentais pas de les convaincre d'arrêter, de reconquérir un peu de bon sens. Ils ébranlèrent la porte. Sous la pression de leurs épaules, les vis du verrou giclèrent. On tomba sur moi, ils étaient quatre plus un. Ils m'obligèrent à me foutre à quatre pattes, à courber la tête vers la cuvette et toute cette merde que je n'avais pas chiée.

Lèche !

Je vomissais et ne léchais pas. Tout mon corps souffrait. J'avais conscience comme jamais de mon corps. Je n'étais qu'un corps et ce corps ils le détruisaient. Mon visage, toutefois, même barbouillé d'excréments, demeurait un visage, car au fond de moi je voulais garder un visage humain. Et voilà que Luc déclara que c'était assez. Il avait été le seul, et plus tard ma mémoire m'en donna la preuve, à ne pas me toucher.

Foutons le camp !

Quelques coups de pied dans les côtes, au cul, puis ils s'égaillèrent. Partis, ils ne m'abandonnèrent pas. Leurs voix me poignardaient toujours. Leurs mains appuyaient toujours sur mon cou et le haut de mon crâne. Leur haine grondait encore sur moi et j'en étais encore éclaboussé. Se redresser fut long, douloureux. Le temps me parut impassible. Mais lorsque je me tins debout, malgré le désastre dont j'avais été le centre et l'objet, je connus un étrange sentiment de victoire. J'étais brisé, mais vivant. Les joues et les lèvres boueuses de merde, il était hors de question que j'apparaisse ainsi devant un prof, des élèves, quelqu'un. Je refusais que mon humiliation soit visible, je me barricadais derrière un silence de feu. J'arrachai dans un tremblement d'épuisé et avec fureur – cette fureur revigorante, archaïque qui vous autorise à redevenir humain pour vous-même et parfois pour les autres –, j'arrachai du papier hygiénique à un rouleau qui valsait de droite et de gauche, et, consciencieusement, quoique sans l'aide d'un miroir, et pour cause, j'ôtai l'emplâtre. Miracle que ma chemise n'eût pas été tartinée de merde. J'avais, pensai-je, de la chance, malgré tout. Volutes de papier-cul. Beaucoup. Froisser en boule un papier rêche comme une toile d'émeri, ça me ragaillardissait. Frotter, frotter et ôter. Et continuer à vivre coûte que coûte, envers et contre tout. J'achevai enfin le sommaire nettoyage. Il y aurait encore à décaper, récurer, afin de rendre la peau à sa pâleur habituelle. Je quittai les chiottes, je longeai des parois de ciment. La cour s'était convertie depuis le début des cours, comme toujours, en désert. Mais ce vide pouvait me métamorphoser en point de mire. Dieu, ce matin-là, fut loué. Sur le chemin des lavabos je ne croisai personne. L'eau étant glaciale, elle me remit totalement en vie. Une rognure de savon de Marseille pourchassa tout grumeau puant. Plus je me débarrassais de la moindre trace et plus le plus léger relent m'en était odieux, me levait le cœur. Pour m'essuyer je ne disposais que d'un antique torchon qui me sembla aussi doux qu'un velours. Dans un fragment de miroir providentiel je me vis et me reconnus, j'étais rendu à moi-même, je m'étais libéré d'un masque qui aurait fait de moi une sorte de lépreux, je renvoyais au néant mes agresseurs, tout en me disant que si salopes il y avait, ce n'était pas moi, mais eux, et remplis d'une merde qu'ils n'expulseraient jamais, c'était leur malédiction, leur châtiment. Cette merde-là m'habite encore aussi.

Est-ce par la déveine d'avoir aimé – car je les ai aimés, successivement, Marc, Julien et Luc – que je vécus dorénavant en marge du sentiment amoureux ? L'objet futur de mes désirs serait par nature un vecteur de déception, me disais-je. N'espérant plus grand-chose de l'autre, je donnais peu, je rétrécis le champ de mes relations à des rapports strictement sexuels. Travailler à ne pas franchir la frontière que je m'imposais fut peut-être la conséquence irréfutable d'un désenchantement. Mais se ranger à cela seul, n'est-ce pas approuver, faire sienne, une réductible logique et se poser en amputé ? La perspective d'accueillir longtemps le même garçon dans mon lit occasionnait chez moi une instantanée série de bâillements. Me suis-je alors interdit à l'amour en arguant que je n'avais pas accès à ce qui cimentait, mais aussi lézardait, le quotidien de la plupart des gens ? Je ne suis pas sûr de m'être jamais senti concerné profondément par l'amour. J'ai dit je t'aime. J'ai aimé, quelques jours, quelques mois. Marc, Julien et Luc, j'ai davantage voulu les aimer que je ne les ai aimés. J'auréolais d'un sentiment généralement magnifié et admis nécessaire à tout être humain ce qui n'était pour moi qu'un simple désir physique, la brûlante curiosité de vivre une étreinte et la volonté d'éprouver ce que tout homme et toute femme doivent éprouver, ainsi est-ce consigné dans l'inconscient de mes semblables depuis que le monde est monde. Je me mis un temps cependant à ironiser sur la prétention d'aimer, parce qu'au fond de moi j'eus honte de ce que je jugeais une incapacité première. Le sexe, en revanche, je l'ai abondamment pratiqué, et ce malgré ce que m'avaient infligé deux amants. Prendre, être pris, caresses, jeux de langue, positions plus ou moins élaborées, atteindre un état second, être soi totalement, chimère ou pas, perfection du présent au chaud d'un corps, pendant quelques heures oublier le poids du passé, s'abandonner vraiment, lui avec moi et moi avec lui, entente possible, une nuit, un jour, plus, moins, semaines, un mois parfois, se détacher de l'autre parce que toujours le même. Que vit-on, qui est-on exactement en faisant l'amour ? Je n'ai pas de réponse. Et ce n'est pas parce que je n'ai pas les mots pour exprimer l'offrande et la joie. Me restent de nuits et de jours, d'heures, des moments éblouissants. Mais je suis récalcitrant à construire quoi que ce soit avec un autre, je ne veux pas bâtir une histoire, je ne veux rien projeter, pas d'avenir, et c'est quoi, l'avenir, je veux juste me plaire en un présent sans cesse recommencé, avec un être toujours différent. Échapper à toute idée de victoire ou de défaite, ce n'est, au contraire de ce que la majorité proclame et inculque, ni une fuite en avant, ni absurde. Avoir ce garçon, me donner à ce garçon, puis à cet autre, voilà ce qui m'est nécessaire, vital, pourquoi y voir du désespoir, une déshérence, une effervescence mortifère ? Personne ne me retient longtemps à son côté, c'est ainsi, je n'aspire vraiment pas à la gloire d'aimer, je ne me sens pas seul, la solitude n'est pas un mal pour moi, une fatalité, une malédiction, un désastre. Je ne suis pas en quête d'amour. Je laisse à d'autres, à vous, l'entreprise de louer, d'explorer, et de s'en réjouir avec des larmes dans les yeux, ce continent nommé "amour".

Il est des garçons qui se sont attachés à moi, j'ai été sensible à leur affection, leur passion même, mais n'en ai pas été bouleversé. Je les ai aimés peut-être, mais en passant. Et je me disais un matin ou un soir, ce n'est donc que ça l'amour. J'ai eu dans ma vie quelques inclinations que j'ai voulu définir comme le signe que j'aimais, c'est vrai – Alberto, Hélie, Patrick –, et j'ai cru un temps que je les aimerais pour l'éternité. Je l'ai cru et j'en suis revenu. L'ébranlement intérieur fut en partie sincère, en partie fictif. Je m'avouais un jour que ce compagnonnage n'était pas très convaincant, ce que j'avais au cœur n'était pas à la hauteur de mon attente, ni de la leur. Je n'ai jamais souffert d'un manque irrespirable, voire mortel, et ce que j'écris ici est en moi acquis, enregistré, vécu. Je ne nie pas que me harcèle le souvenir de Marc, du viol auquel il m'a soumis, ni que circule en moi une odeur de merde et que me cisaille l'écho d'injures. Je ne sous-estime pas leur importance, leur resurgissement tout au long de mon existence et leur influence sur mon comportement avec les hommes. Un égoïsme forcené m'a été salutaire. L'autre – un hypothétique partenaire et un ancrage à deux dans un quotidien – m'a toujours paru de trop. Gosse, j'avais déjà cette sensation, même vis-à-vis de mes parents. Leur tendresse m'étouffait. Toute présence trop marquée à mes côtés me lassait. J'avais le besoin fou d'un espace que moi seul occuperais. L'autre, quel qu'il soit, quelle que soit notre relation, nos liens, finissait par me paraître une entrave à ma vie. Je préfère donc ma solitude.

En n'ayant pas l'amour comme moteur dans ma vie, je m'évite les déceptions qui lapident. Je n'ai pas à me balader parmi des ruines. J'épouse alors, et cette fois-ci amoureusement, ma solitude. Elle m'apporte une ineffable sérénité. Il y a les amants, les amis, des paysages, les bêtes, des films, des livres, des histoires qui me viennent du dehors et dont je fais mon miel, il y a la page que je rêve d'écrire et la page que j'écris. Tout va bien.

Au long des années qui ont suivi les événements que je viens de relater, je me suis reconstruit sans l'aide de personne. J'ai tu à mes parents, je l'ai déjà souligné, la violence et les humiliations que j'avais subies. Par terreur qu'ils reçoivent en pleine face l'évidence de mes goûts sexuels et de déchoir à leurs yeux. Terreur, oui, et conformisme, et lâcheté. Leur attitude devant la révélation que je jugeais suprême aurait été négative. Je n'étais pas prêt à un rejet, à leur mépris, à une incompréhension qui me crucifieraient tout en les désacralisant, tout en diminuant, sinon en anéantissant l'affection que je leur vouais. Qu'ils continuent donc à ignorer qui je suis, et tout irait pour le mieux. C'est à cette époque d'incandescent mutisme que je me mis aussi à les voir dans toute leur complexité et leur richesse intérieure, avec leurs imbéciles convictions et leur fidélité endormante à des clichés. Comme ils ne concevaient pas l'être que j'étais vraiment, je ferais s'épanouir cet être dérisoire et merveilleux loin d'eux. Mais après tout, peut-être n'auraient-ils pas condamné mes mœurs. Qui sait ? Ce qui est fait est fait.

J'aurais dû redoubler ma seconde. Je refusai. Mes parents convinrent enfin que j'étais inadaptable à un enseignement classique. Ils me libérèrent de l'école privée pour m'inscrire à l'école Pigier. À défaut d'acquérir des diplômes qui auraient fait de moi un professeur, un avocat, un architecte, j'endosserais l'uniforme de l'employé de banque ou du comptable. Chez Pigier, je ne fus pas, à ma surprise comme à la leur, un mauvais élève. Les matières qu'on m'inculquait étaient si éloignées de ce qui me passionnait exclusivement – la littérature, le cinéma, la chanson – que je m'appliquais à les absorber avec indifférence et rigueur. Je m'ennuyais sans avoir de répugnance pour les cours et m'évertuais à ne pas décevoir une fois de plus mes géniteurs. Deux années de désinvolte soumission s'achevèrent sur des examens où je brillai sans effort. Mais lorsque mon père voulut battre la campagne pour me placer chez un de ses clients, directeur de banque ou expert-comptable, je dis "non", ce n'était pas pour moi, et je le dis avec un sourire impitoyable. Je serais libraire, annonçai-je. La surprise passée, ils acceptèrent. Être libraire, c'est exercer un métier honorable, un métier d'intellectuel, ils n'auraient pas à rougir de mon choix auprès de leurs amis. Mon salaire serait maigre au début, mais on pouvait me rêver patron un jour. En ce temps là, le chômage ne sévissait pas et l'avenir ne s'obscurcissait pas d'une crise planétaire. J'aurais une vie professionnelle heureuse et une acceptable retraite. La librairie Plaine, à Saint-Étienne, m'embaucha. Je m'initiais au métier avec ferveur pendant quatre mois. On fut adorable avec moi, j'appris beaucoup, je lus moins Sand et plus Duras, mes collègues se révélèrent de percutants mentors, c'était vraiment le métier qui me convenait, je l'exerçais avec foi, la littérature m'était vitale. Le cinquième mois me vit monter dans un train pour Mourmelon, *via* Reims. J'étais un appelé, je devenais un soldat.

Pendant mon service militaire je me tins presque à carreau, question sexe. Je barrais la drague de mes heures de repos, de même que les soirées alcoolisées où la langue peut déraper et la main s'égarer. À saisir des regards d'officier ou de première et deuxième classe, je reconnaissais un éclair de barbarie, comme j'en avais saisi dans les yeux de Marc et de Luc. On foutait à la forteresse les types surpris à des ébats éloquents. On me distingua en me confiant l'emploi de secrétaire aux services administratifs. J'occupais une chambre dans le bâtiment administratif déserté dès le soir, que je partageais avec un jeune gars compréhensif, et pour cause, il avait le même goût de l'homme que moi. Il me plaisait, et je lui plus. Je jetais bientôt par-dessus les moulins la peur de devenir le souffre-douleur d'un régiment. Le jeune gars me rejoignit un soir sur ma couche, et il en fut ainsi tous les autres soirs. Nous eûmes en quelques heures une parfaite connaissance de nos corps. Nous étions joyeux et insatiables. Plénitude. Ces fervents emmêlements nous aidèrent à supporter les règlements, les marches, les manœuvres. Je fus libéré avant lui. On s'écrivit. On ne se revit plus.

Dès mon retour à la vie civile, je m'inscrivis à des cours de librairie. Ils se donnaient à Paris et je m'envolais, après un court et heureux séjour dans la villa que mes parents venaient de faire construire. Je m'éloignais donc de ma ville natale sans rompre avec elle, et l'affection qui me liait à mes parents se maintint au cours du temps. Dans la capitale, un emploi m'attendait. La librairie Fontaine continua mon apprentissage. J'avais pour toit une chambre de bonne à deux pas de mon travail. La chance s'attachait à mes pas. Le premier semestre écoulé à Paris je m'aventurai peu au-delà de mon quartier, et je fus d'une étonnante chasteté, mais piaffante, fragile, qui bientôt m'encombra, me parut déraisonnable. Je la mis sous le boisseau sans être certain que je serais une tentation, une gourmandise dans une cité où pullulaient des garçons magnifiques. Moi, je n'étais qu'acceptable. Je fis avec ce que j'avais. Ma jeunesse rendait mes traits intéressants. On bouda parfois mon corps, on s'y acclimata parfois aussi. Je n'étais en somme pas à dédaigner. Plus souvent qu'à mon tour on me le fit savoir. Timoré, je répondais cependant et courais au plaisir. J'ai peu ramené de types dans ma chambre de bonne, mon nid d'aigle, mon pigeonnier où je regrettais de n'avoir plus sous les yeux mes campagnes. J'en avais une nostalgie aiguë, nostalgie qui n'entravait pas mes errances. Certains soirs, après une journée de travail, je me jetais sur mon lit, puis les forces me revenaient et voilà que j'étais lion en cage et de cette cage je m'échappais. Tremblant, je me dirigeais vers ces squares et ces jardins où la drague est une institution, où l'on couche avec des ombres entreprenantes et instantanément charnelles. Beaucoup refusaient le baiser, comme si c'était ajouter une tendresse inutile à un acte, ou amorcer quelque relation moins furtive, vouloir prolonger l'entente. On est alors un corps avec un sexe et le sexe est le corps tout entier. Mon appétit des garçons dépassait mes craintes d'une violence à l'affût et prête à bondir. Ce qui survenait souvent et dont je fus épargné. Je n'étais pas naïf. Je savais que mes déambulations à travers fourrés et bosquets pouvaient être interrompues par le surgissement de casseurs de pédés. Les flics aussi quadrillaient parfois ces lieux de rencontre. Ils étaient connus pour fermer les yeux à ces tabassages en règle. Il était des nuits où ils se décidaient à intervenir. Et les salauds et les victimes étaient embarqués dans le même panier à salade. La notion de plaisir s'associait ainsi continuellement à celle d'un danger imminent. En une seconde, un piéton des ténèbres se retrouvait changé en raclure à éliminer. Lorsque je m'engageais sous les frondaisons, je n'avais pas fatalement en mémoire Marc ou Luc. La vieille peur qu'ils m'avaient inoculée ne barrait pas forcément la route que je désirais régulièrement emprunter. Elle n'était là que parfois. Et ne durait pas. Jardins et squares, par leur réputation d'éden mâtiné d'enfer, en fournissaient suffisamment. En me glissant entre les buissons je n'étais qu'un regard et je n'avais qu'un désir. Rentré chez moi, assouvi, je me demandais souvent si s'exposer à une possible bastonnade juste pour quelques caresses et pour répandre son foutre valait tant que ça le coup. Je répondais que oui, ça valait rudement le coup. Je n'avais pas à ramper devant la peur. Et de toute façon je ne résistais jamais au besoin de hanter les Tuileries, les Buttes-Chaumont ou le square Jean-XXIII. J'avais du bonheur à m'y rendre.

Et les années passèrent.

Mon père mourut le 27 janvier 1980. Il avait soixante-dix ans, et moi trente. De sa retraite il n'avait joui que six mois. Il projetait une croisière sur la Méditerranée qui l'aurait ramené en Turquie, après plus de cinq décennies d'exil. Il aspirait à revoir Constantinople que l'Histoire a rebaptisée Istanbul, et des paysages qu'il avait fuis pour échapper à des massacres, un génocide. La mort, donc, empêcha ce périple et ce retour ardemment rêvé. Je lui avais reproché son mutisme au sujet de son enfance et de son adolescence, des épreuves qu'il avait traversées, des scènes de persécution et d'humiliation dont il avait été le témoin. Je compris, grâce à des lectures sur un autre génocide que s'il avait gardé un silence de fer, c'était par impossibilité de parler de ce qu'il avait vécu. J'admis cela pendant les derniers mois de son existence. Le regard que je portai alors sur lui allia compréhension et tendresse et je ne l'interrogeai plus avec mon ancienne agressivité, je ne lui posai plus de questions, mon silence épousa le sien, nous étions vraiment ensemble, père et fils, c'était doux. Ce ne sont que des milliers de jours après sa disparition qu'il me fut évident que je l'aimais, le respectais et que je m'avouais l'avoir mal aimé, ou du moins que je lui avais mal prouvé mon amour. Je protège en moi le souvenir d'un homme que par ma faute, par mes imbéciles reproches, j'ai peu connu et qui cependant ne m'est pas un étranger. Je suis né de lui.

Ma mère ne lui survécut que six années rabougries par le chagrin, par une dévastation intérieure sans frein, par un amour qu'elle n'entretenait que par le manque et la mémoire.

Voici deux pertes dont longtemps je ne pus confier les labyrinthes qu'elles créèrent et les cauchemars qu'elles engendrèrent, me lestant d'un vide sur lequel je ne savais graver le moindre mot, la moindre pensée, la moindre quête. Pourtant je me sentis libéré à leur disparition. Une liberté assombrie par ma lâcheté à ne pas leur avoir confié mes limites, mes goûts et ma féroce habitude de si peu donner de moi sinon, à certains garçons, mon corps. Mais cette culpabilité ne fut que sporadique, et peut-être plus superficielle que je n'ose le croire. Car enfin, elle ne m'a pas empêché de vivre. À ces disparitions, je devins définitivement un orphelin recouvrant le plus souvent d'oubli deux absents. Ils étaient là, en moi, et je les entendais rarement respirer. J'allais d'âge en âge de plus en plus léger. C'est ce que je m'imaginais. La souffrance ne me met que brièvement à genoux. Et je sais me relever.

Il y eut des matins où je me levais d'un bond pour retomber aussitôt sur mon lit, terrassé mais pas vaincu par les voix du passé. Espèce de salope ! Mais je clouais le bec à ses éphémères fantômes, par la puissante conviction qu'ils ne pourraient plus jamais grand-chose contre moi. Avec une arrogance vitale, je piétinais cette enclave de mon passé. Je balançais ma peur aux oubliettes. La vieille peur intronisée par un viol, puis par une violence m'ayant enduit de merde. Mon présent n'en était incendié que par instants. L'autre peur, celle qui m'habitait lorsque je me dirigeais vers tel square ou tel jardin, je la disais chétive, envahissante, mais sans excès, naturelle. Elle me banalisait. Et une troisième peur surgit, transmise par un virus mortel.

C'est au temps de ce surgissement que je commençais à songer de plus en plus souvent à mon père. Sa mort me mettait en garde contre la mort qui se propageait dans les rangs de garçons triomphants dans leurs corps, qui fauchait des amis, des connaissances, une foule d'inconnus de par le monde. La contamination se répandait avec vélocité, sans pitié, à larges mouvements de faux. Ce nouveau fléau fut d'abord, comme on sait, reçu avec incrédulité. L'affolement et la terreur lui succédèrent. L'âge d'or au cours duquel tant de garçons avaient cru que tout était dorénavant permis sexuellement pour l'éternité appartenait déjà à jadis. Ceux qui en auraient été les scribes et les mémorialistes talentueux, on les couchait en terre. Les agonisants choisissaient pour la plupart l'incinération. Se muer en fumée et en cendres rappelait aux vivants une période de l'Histoire encore proche.

Mort d'un père hier, et mort partout aujourd'hui.

Mort d'un père due à un infarctus de trop. Il subsistait de lui tant d'énigmes. Que je passais plus tard pas mal de jours et de mois à tenter de résoudre, le plus souvent sans trop de succès. Brutalité d'une disparition qui m'avait privé d'adieux, brutalité que je comparais à celle du virus qui rendait aphasiques et décharnés des êtres qui m'étaient chers. Mort d'une mère qui avait traîné une carcasse atomisée par la douleur, pourquoi bouger, se nourrir, s'acharner à continuer à ouvrir les yeux sur le monde et son fils, une mère raidie par l'atrophie des muscles, un corps résonnant de gémissements et de supplications, *qu'on en finisse, j'en ai assez.* Désespérante et lente chute vers la fosse que je revivais au chevet de Jean-Michel, mon meilleur ami d'alors, le tendre et caustique ami, que je revivais en imaginant le calvaire d'Hélie, lorsque je hantais les hôpitaux où se mourait un être qui m'était proche. Brutalité qui se répétait. Et pas de vaccin salvateur à l'horizon. Trente ans plus tard il se fait toujours attendre, mais on espère. Cet espoir-là résiste à tout. On était tenu de rester droit au milieu de l'hécatombe et face au haro sur ces pédés dispensateurs impudents de la peste comme le hurlaient les rétrécis du ciboulot, les fabricateurs de haine, les braves gens obscurantistes et réclamant à chaque génération un bouc émissaire pour s'endormir apaisés.

Je devins d'une prudence absolue pendant mes ébats. Des gars moquaient l'usage du préservatif que je leur tendais ou dont je gainais ma queue. J'exagérais, disaient-ils. Ils étaient sains, affirmaient-ils. La peur, chez certains, menait au déni. Je résistais à ces folles sirènes. Je les renvoyais à leur destruction programmée, ils claquaient la porte, ils me maudissaient. Ils avaient insulté le sage et l'imbécile. Je n'étais plus une salope, mais un con. Leur rage verbale en faisait les égaux d'un Marc et surtout d'un Luc. Mon adolescence et les tourments qui l'avaient stratifiée me revenaient en plein cœur. J'en avais marre de ces coups de grisou lancés par un hier toujours vivace. Pour les bâillonner, je choisis pendant quelques années la chasteté. Il n'y aurait ainsi plus d'insultes, plus de moqueries. Mais le manque d'un corps enchâssé au mien m'accablait parfois de détresse sans pour cela me jeter dans un dégoût de vivre. L'aigreur ne me gela pas l'âme. Le réconfort me vint de robustes et scintillantes amitiés que je bâtissais avec une allégresse sans pareille. Ce fut un temps où écrire se fit pratique quotidienne, ritualisée, organique. Où les livres plus que jamais déroulèrent leurs lumineux dédales à s'y perdre de bonheur. Où les films s'ouvrirent à moi comme des fruits mûrs et ne me laissèrent pas une fois assoiffé.

Mes parents avaient été des morts isolés. Il y avait mon père, il y avait eu ma mère. Ils se démarquaient de ces morts en série qui jonchaient mon présent. Quand je songeais à papa et à maman – mais oui, je les nommais toujours ainsi dans le calme de mon appartement, dans le douillet de ma solitude passionnément entretenue –, je me disais que par amour pour eux, que par respect pour ma mémoire et la leur, je devais veiller sur moi. Ils avaient construit un garde-fou à ma vie. Ils m'imposaient de vivre, et pourtant il y avait des lustres qu'ils ne m'enseignaient plus rien, mais ils me rendaient visite, quelques instants, pas plus, ils s'éterniseraient plus tard, quand je serais parvenu à un certain âge, que j'aurais vieilli, que j'accepterais que j'étais né pour vivre, puis pour disparaître à mon tour.

Seul, enivré de solitude, me retirant chaque soir dans mon étroit appartement du 2e arrondissement de Paris, puis dans celui du 11e, plus large que le précédent, ayant moins l'aspect d'une tanière, je m'attelais à décrire l'existence de personnages, à peaufiner l'ébruitement de leurs jours et de leurs nuits, j'enserrais en une poignée de pages leur naissance, leur périple sur notre terre, leur ultime souffle. Je gouvernais leurs dérives, leurs fragments d'extase, de paix, de répit. Fouailler dans des destins imaginaires m'accordait une autorité réelle et m'offrait la possibilité de m'extraire de cette houle de morts qui s'amplifiait sans cesse. Je m'engageais dans l'écriture en sculptant des êtres enténébrés par leurs échecs et ignés par leurs victoires, petites ou grandes, et je m'exaltais à coucher sur le papier leur mort qui sur mes jours n'avait aucune incidence. Ces êtres de fiction subissaient les convulsions de l'Histoire, mais pas moi, on les détruisait, les assassinait, mais pas moi. Au contraire d'eux, j'étais sauf de tout. Alors je m'habituais à la mort de ces autres qui avaient croisé mon chemin, ensemencé ma vie de trésors ou de déceptions. Les chagrins les plus virulents s'adoucissaient, la peur se fatiguait de me herser, j'atteignais une sorte de sérénité. J'eus des nuits d'un flamboyant bonheur avec quelques amants, car j'avais repris les aventures, qui m'étaient frères par la volonté de ne pas contracter la maladie fatale, de ne pas succomber. Jamais encore je n'avais fait l'amour avec autant d'intensité et de plaisir. Je me souviens de presque tous les garçons de cette époque tout comme des livres que je lisais et des films que je voyais. Époque apocalyptique en dehors de mes murs et d'effervescence au-dedans. Se protéger de la mort, se protéger sans rapetisser, produire son miel d'histoires racontées par d'autres. Orchestrer le tout avec des mots, prendre sa plume, enfouir son visage dans la fourrure d'un félin et ronronner à l'unisson avec lui, passer quelques heures avec des amis, et s'embraser de contentement au déploiement de ces amitiés, légèreté et gravité mêlées, et coucher avec des garçons, ne jamais oublier que l'on a un corps et qu'il a ses exigences et ses silences et ses refus, se dire que tout peut être passager mais tout est vivant. Oui c'était ma vie, et ça l'est toujours.

J'écrivais, et de texte en texte mon passé se rétablissait en moi, tantôt confus, tantôt d'une chaude clarté, mais sans cesse incandescent et infini. Je ne me détournais plus de mes années d'autrefois. Des mots se métamorphosaient en bris, en plages, en plaines. Jadis s'entassait sur hier et hier ramenait à jadis et jadis éclairait hier. J'abordai les quarante ans, les cinquante, et ce que j'avais engrangé de faits, de douleurs, de tristesses, de plaisirs, de consolations, de joies, ne vieillissait pas. En écrivant je déréglais les clichés qui m'avaient souvent masqué mes richesses intérieures, je désenrayais les crispations, les reculs devant la nécessité de se dire, j'accroissais la lumière dont se paraient tant de mes jours enfuis. Cette lumière me berçait. Rien n'était indigne d'être scruté, d'être converti en mots et phrases, d'être dépecé et remembré. Je n'allumais pas de grands feux romanesques, autobiographiques, poétiques, mais continûment je collectais des braises que le geste d'écrire attiserait et rassemblerait pour que l'incendie se propage et dure. Je me surprenais quelques fois à m'interroger : Mais là, qu'es-tu en train de dire ? De quoi exactement t'entretiens-tu avec toi-même ? Qu'est-ce qu'en toi tu ne domestiqueras jamais et qui est tant fait de toi ? Qu'est-ce qui te rend, comme tous, tellement humain ? La mémoire, l'imagination se braquaient parfois à ces coups de sonde. Elles fermaient l'écluse. Une porte m'était claquée au nez. L'écriture alors jouait la ruse, se parait de pugnacité, forçait portes et écluses, ce bastion résistait, mais pas cet autre, avançons, ne cédons pas au découragement, à l'obscur. Écrire ajoutait souvent une énigme à l'énigme. Le mystère défloré se mettait à bourgeonner. Un mot suffisait pour qu'une scène ancienne m'arrive en boomerang. C'est par cette incessante marée de la volonté que je revis dans leur netteté recréés l'après-midi dans l'appartement de Marc, le rendez-vous auquel ne vint pas Julien, les chiottes et la merde et Luc sous mon corps, sans que je ne sois percé par la moindre flèche de vengeance, mais une colère parfois se maintenait, revigorante.

Ma mémoire ne me lâchait plus, elle était crocs et tentacules, elle était ce qu'elle devait être, elle ranimait celui que j'avais été, que j'étais encore un peu, beaucoup, j'ignore vraiment où j'en suis avec moi-même, avec elle. La merde qu'elle m'imposait de renifler puait autant qu'hier. Je la touillais cependant sans désespoir. Je revécus le viol, mais à distance. Je me rappelai chacun des instants de cette possession obligée et la fureur et la répugnance que j'en éprouvais toujours n'étaient plus paralysantes, n'avaient plus à être refoulées. Elles me construisaient. Préjugés assassins, violence, terreur, connerie frappaient à ma fenêtre, mais je n'ignorais plus que j'avais des armes pour les combattre, les affronter, et parfois les terrasser de mes mots, de ce que m'avaient enseigné les années, les silences intérieurs, les replis de la conscience. Elles ne m'avaient pas brisé, la fureur et la répugnance, je leur survivais.

Ma mémoire m'a offert le don des larmes. J'ai pleuré mes absents, j'ai pleuré les jours les plus noirs de mon adolescence, j'ai pleuré mes joies. Tout maintenant serait racontable. Et qu'importe que pour cela j'emprunte les chemins détournés de la fiction. Écrire m'enseigne encore à ne pas me limiter à mes obsessions. La déraison n'est qu'un tremplin à l'envol. Et ne grossissons pas un fait qui n'a pas à l'être, qui eut son importance mais qui ne résume pas toute une vie. Mon passé n'est pas mon seul champ d'investigation. Je lui refuse un pouvoir qui serait inconsidéré. Il valse, trois petits tours et puis s'en va. Je ne m'y embourbe pas. Je fais le ménage. Je reconnais que j'ai pris pour des roses ce qui n'était que de la broussaille, que je montais en épingle ce qui n'était qu'un masque momentané. Sans négliger le fait que tout masque dit un peu de vérité. Entendre et convenir que s'égarer sur un chemin, c'est chercher la ligne droite qui n'existe que pour se métamorphoser en étoile, en feuillage, en sentiers. Écrire assombrit, puis régénère ce qui semblait acquis. Quatre murs fardés de salpêtre portent la trace d'un marbre. Et toujours se demander ce que ce mot qu'on fourre au creux d'une phrase veut vraiment dire. Les fils d'Ariane sont multiples et le Minotaure, quoi qu'il en a été relaté, ne nous dévore pas toujours. Vivre dans un labyrinthe n'est pas un malheur. L'aurore, là aussi, se lève. En écrivant, je ne finis pas de grandir. Entre deux phrases, deux doutes, deux certitudes, j'observe le ciel, un arbre, un chat qui danse sur une pelouse. Je prends mon temps. La lenteur est une vertu. Et je crois à la nécessité de la contemplation. Le combat avec l'ange qu'est tout texte reprendra demain. Il n'est pas en moi que des orages, il n'est pas en moi que des ruines. Je ne me contente pas uniquement de crépuscules et de piétinements. Pourquoi l'enfer se répéterait-il ? Je suis là, à mon bureau, face à un ciel grouillant de nuages. Je m'émerveille. Les mots me feront peut-être aller plus loin que ce que je sais de moi, de ma vie. Les mots envahissent le ciel, l'appartement, mon être entier. Les mots en frémissements d'ailes sont en nuées. Une histoire éclôt de ce bruissement. Écoutons. Ils transfigurent l'espace, ils resplendissent, certains sont particules de poussière et malgré tout brasillant. Écoutez. Écoutez. Ils sont là. Ruisseau. Foudre. Or. Tourbe. Aigle. Loriot. Cœur. Haine. Amour. Sexe. Ronces. Épines. Floraison. Désastre. Résurrection. Gifles. Semence. Coups. Mordre. Sourire. Ordre. Nuit. Jour. Désordre. Vanité. Bêtise. Nature morte. Pivoines. Toi. Lui. Moi. Eux. Personne. Quelqu'un. Tant. Fadaises. Stagnation. Aube. Sable. Falaise. Garçons. Raz-de-marée. Filles. Amitié. Corps. Ravage. Cela. Ceci. Extase. Désir. Oui. Non. Incompréhension. Ensevelissement. Lassitude. Loin. Près. Pré. Lune. Livre. Images. Lit. Lait. Lucioles. Astres. Tous. Tout. Vraiment. Point. Orgue. Danger. Mort. Peut-être. Flux. Paysages. Reflux. Porte. Trou. Port. Attachement. Chat. Loup. Humiliation. Errer. Bec. Cruauté. Écrire. Fils. Violence. Mère. Vous. Moi. Père. Celui-ci. Celle-là. Amertume. Ravissement. Pont. Chair. Regard. Comètes. Cancer ascendant Sagittaire. Chêne. Iris. Lampe. Confiture. Vous. Encore. Moi. Toujours. Tous. Oui. Non. Répétition. Oui. Mots. Phrases. Paragraphes. Rien. Cela. Ceci. Là. Vents. Immunité. Immensité. Désert. Facile. Tout. Sérénité. Mûr. Orange. Horizon. Peu. Hiver. Puis. Été. Maintenant. Printemps. Jonquilles. Enfin. Automne. Ça. Là. Vous. Moi. Eux. Toi. Tous. Être. Voilà.

OUVRAGE RÉALISÉ
PAR L'ATELIER GRAPHIQUE ACTES SUD
REPRODUIT ET ACHEVÉ D'IMPRIMER
EN MAI 2022
PAR NORMANDIE ROTO IMPRESSION S.A.S.
À LONRAI
POUR LE COMPTE DES ÉDITIONS
ACTES SUD
LE MÉJAN
PLACE NINA-BERBEROVA
13200 ARLES

DÉPÔT LÉGAL
1re ÉDITION : AOÛT 2022
N° impr. : 2202265
*(Imprimé en France)*